Du même auteur, dans la même série :

    Quatre sœurs à New York
    Quatre sœurs dans la tempête
    Quatre sœurs en scène
    Quatre sœurs en colo
    Quatre sœurs en direct du collège

Du même auteur, dans la même collection :

    Au secours ! Mon frère est un ado
    Le garçon qui ne voulait plus de frère
    Une île pour Vanille
    Isis, 13 ans, 1,60 m, 82 kilos

Du même auteur, en grand format :

    Dix jours sans écrans
    15 jours sans réseau
    Quatre sœurs et un Noël inoubliable

SOPHIE RIGAL-GOULARD

Illustrations de Diglee

RAGEOT

À Val et Caro, à la belle équipe que nous avons formée autrefois…

Cet ouvrage a été imprimé sur un papier
issu de forêts gérées durablement,
de sources contrôlées.

Couverture : Diglee

ISBN : 978-2-7002-5462-4
ISSN : 1951-5758

© RAGEOT-ÉDITEUR – PARIS, 2012.
Tous droits de reproduction, de traduction et d'adaptation
réservés pour tous pays.
Loi n° 49-956 du 16-07-1949 sur les publications
destinées à la jeunesse.

Allez hop, toutes à la montagne !

– Cette année, pour les grandes vacances, je vais *toutes* vous épater ! C'est moi qui organise !

Mon père a choisi le début du repas pour faire cette annonce.

« *Toutes* », c'est-à-dire maman et nous quatre.

Les quatre filles du docteur Juin.

Papa est en effet le seul élément masculin dans notre famille.

Lui qui rêvait d'une maison remplie de garçons sportifs, il a eu droit à une brochette de filles qui hurlent dès qu'il tente de regarder une retransmission sportive à la télé ! Du coup, il s'est mis au jogging... un sport qui lui permet d'échapper aux réclamations de ses quatre filles. Parce qu'on a toujours notre mot à dire bien sûr ! Et côté caractère, on est *toutes* très différentes.

Il y a d'abord Lou, notre aînée, qui a bientôt seize ans, mais qui se comporte comme si elle était déjà majeure. Elle dirige et contrôle le reste de la fratrie, donne des ordres et ne supporte pas d'être contredite. Et pourtant, je ne m'en prive pas !

Ensuite, il y a Laure, c'est-à-dire moi. Du haut de mes douze ans, j'ai la lourde tâche d'être la cadette. Je ne fais jamais office de chef, mais je dois quand même veiller sur mes petites sœurs, tout en étant coachée par la grande !

Bref, parfois, je rêve d'être fille unique et je me révolte régulièrement.

La troisième, c'est Lisa. Huit ans, un an d'avance à l'école, environ un milliard de questions par jour. La phrase que l'on prononce le plus à la maison, c'est « Tais-toi Lisa ! ». Ma sœur cadette ne se sépare jamais d'un carnet dans lequel elle note toutes sortes d'inventions abracadabrantes.

La petite dernière, Luna, vient d'avoir cinq ans. Elle est en pleine phase « rose et princesse » et fait régulièrement des crises pour partir à l'école en robe de fée. Amoureuse des animaux, elle veut devenir « fermière, mais pas dans une ferme, dans un château »…

Dans cet univers de filles, il y a une seule femme : notre mère bien sûr ! Je la vois comme la gardienne du phare. En plus de son travail d'infirmière à mi-temps, elle prend soin de sa tribu avec une énergie incroyable. Il en faut face aux quatre filles du docteur Juin...

Mais ce qui lui demande le plus de punch finalement, c'est de veiller sur mon père. C'est le plus incontrôlable de la famille. Sorti de son cabinet, il est capable du pire !

C'est le seul homme que je connaisse capable de se tromper de chemin pour rentrer chez lui après sa journée de travail ou d'enfiler ses habits par-dessus son pyjama ! Trop distrait pour gérer notre quotidien, papa se repose entièrement sur sa femme.

C'est pour cette raison que nous avons *toutes* retenu notre souffle quand il nous a annoncé son intention d'organiser nos vacances...

Le silence était total autour de la table. Maman a arrêté de servir le gratin, sa cuillère est restée suspendue en l'air. Lou a joint les mains en signe de prière, comme si elle voulait implorer le ciel de l'épargner. Lisa a cessé de mâcher. Luna en a profité pour glisser la viande qu'elle déteste dans mon assiette. Quant à moi, j'ai soupiré discrètement. On savait *toutes* que le pire nous attendait.

– J'ai déniché sur Internet un petit bijou de chalet à louer en plein cœur des Alpes !

La réponse a été immédiate. Quatre exclamations féminines ont fusé.

– Oh non...

Maman a reposé sa cuillère dans le plat et elle a pouffé face à notre réaction. Papa s'est écrié :

– Attendez, les filles ! Vous passez votre temps à dire que je ne m'occupe que de mes patients ! Alors cette année, je vais vous prouver que je suis capable de tout gérer de A à Z.

Ma mère a acquiescé, mais je voyais bien qu'elle semblait elle aussi un peu inquiète.

– Tu n'avais qu'à réserver au même endroit que l'an dernier, ai-je protesté. Le camping que maman avait trouvé était parfait !

– Laissez-moi vous expliquer avant de râler. J'ai décidé qu'il fallait en finir avec les plages bondées, les campings surpeuplés, les embouteillages interminables ! À nous les balades sur des sentiers fleuris, l'air pur et vivifiant de la montagne, les veillées en chansons…

J'ai eu une vision de cauchemar : papa en train de gratter laborieusement sa vieille guitare désaccordée devant un feu de camp.

– Ne me dis pas qu'on va se retrouver SEULS dans un gîte paumé tout en haut d'une montagne ? s'est angoissée Lou.

– Mais non ! D'abord, le chalet que j'ai choisi est très grand. Il est conçu pour accueillir deux familles. En plus, il y a une maison des jeunes dans le village. Vous aurez donc plein d'amis !

– Mais pas autant qu'au camping de l'an dernier, a déclaré Lisa. C'est nul la montagne en été !

– Ah non, a contesté Luna. Moi, j'aime bien skier…

Il a fallu expliquer à notre petite sœur qu'il n'y aurait pas de neige au mois de juillet. Elle a commencé à pleurnicher. Luna pleure environ deux heures par jour, et elle n'avait pas encore rempli son quota. Imperturbable, notre père a continué à nous décrire les avantages exceptionnels de la destination qu'il nous avait choisie. Il a même quitté la table pour rapporter un dossier.

– Voilà Montfloury ! a-t-il déclaré fièrement en étalant sur la table sa collection de photos. Regardez, c'est magnifique !

On s'est penchées au-dessus des clichés sur lesquels on pouvait voir un petit village tout gris au milieu d'immenses pâturages tout verts. Au loin, se dressaient des sommets enneigés.

Pas de quoi sauter de joie. Trois adjectifs ont jailli :
– Sinistre.
– Lugubre.
– Macabre.
– Oh la neige ! s'est écriée Luna qui ne pleurait plus. On va skier alors ?

Papa a ramassé son dossier et il a haussé les épaules.
– Je suis très déçu par vos réactions, les filles. Mais cette année je serai inflexible. Les vacances seront vertes ou ne seront pas !

On s'est *toutes* tournées vers maman. C'était la seule qui pouvait encore nous sauver. Elle a rempli de nouveau nos assiettes tout en donnant son avis.

– Je comprends votre père. Il déteste les endroits noirs de monde, les plages et la chaleur... C'est à peu près le résumé de nos vacances de l'an dernier à Saint-Tropez...

– Ah non ! ai-je crié. Tu ne peux pas dire ça ! Tu as oublié les soirées au camping, les jeux rigolos sur la plage ?

– Et les barbecues avec les voisins du mobile home d'à côté ? Et les concours à la piscine ? Papa a bien ri quand on faisait la danse des tongs !

– En plus, on aurait pu retrouver nos amis !

Lou avait les larmes aux yeux en prononçant cette phrase.

Je sais qu'elle repensait à Pierre, son grand amour du camping *Le Grand Bleu*. Elle avait réussi à lui adresser la parole la dernière heure du dernier jour des vacances et elle avait pleuré tout le trajet du retour.

– Écoutez, les filles, a continué maman. Pour une fois, je vais me reposer un peu. C'est toujours moi qui gère les vacances d'habitude ! Si votre père a envie de prendre le relais, pourquoi pas ?

Le docteur Juin a eu un sourire triomphant.

On a *toutes* su à cet instant que c'était fichu.

Notre alliée principale venait de rejoindre le camp de l'ennemi.

Un village endormi

C'est comme ça qu'on s'est *toutes* retrouvées dans la voiture de papa le 12 juillet au matin. Destination : ce merveilleux village de Montfloury que « même les Chinois rêvent de visiter », d'après le docteur Juin…

La veille du départ fut une journée mémorable. Pour la première fois, papa a tenu à s'occuper aussi des préparatifs.

Il a frôlé la crise cardiaque quand il a réalisé la quantité de vêtements que nous comptions emporter.

On a longuement parlementé avec lui pour qu'il comprenne qu'une fille normale ne pouvait pas se contenter de « deux jeans et de trois tee-shirts » pour quinze jours.

Il lui a fallu une bonne dose de patience pour décider Luna à laisser à la maison ses quatre robes de princesse et ses deux robes de fée.

– Finalement, c'est plus épuisant de gérer le contenu des valises que de les charger dans une voiture, a-t-il déclaré en sortant de nos chambres.

– Et ce n'est que le début, lui a répondu maman. Tu dois maintenant rassembler chaussures de marche, sacs à dos, matériel de randonnée et tout le reste…

On s'est *toutes* mises à rire parce que Luna a chantonné :

– Les 4 L plus Steph au carré
En vacances, c'est toujours le pied !

Sans quelques petites explications, il est bien difficile de comprendre ce que signifie cette micro-chansonnette. Le docteur Juin, Stéphane de son prénom, a eu l'idée de se marier avec une Stéphanie. Mais comme cette coïncidence ne lui suffisait pas, il a absolument tenu à donner à chacune de ses filles un prénom commençant par L !

C'est ainsi que notre famille est surnommée « les 4 L et Steph au carré ». Lorsqu'ils sont en vacances avec nous, mes parents ont tendance à reprendre assez facilement ce refrain... Mais ce soir-là, après avoir géré les valises de A à Z, papa n'avait plus envie de chanter !

Le lendemain, dans la voiture, il était de nouveau enthousiaste à l'idée de rejoindre le « paradis vert » qui nous attendait. Du côté des 4 L, la joie était moins visible. Au bout d'une heure de trajet, Luna pleurnichait, Lou demandait sans cesse qu'on mette de la « bonne musique », et moi je me disputais avec Lisa qui prenait trop de place. Du coup, la bonne humeur de notre père est retombée plus vite qu'un soufflé. Il a fini par s'arrêter sur une aire d'autoroute pour céder le volant à maman.

– Je vais aussi gérer les voyages à l'arrière, nous a-t-il dit d'un ton menaçant.

On a *toutes* compris le message.

On a réussi à se tenir à peu près tranquilles le reste du voyage.

– Tu as vérifié si papa a pris sa guitare ? m'a chuchoté Lou. Parce que si c'est le cas, on est fichues. Après *Rires et chansons* dans la voiture, on aura droit à veillées et chansons tous les soirs !

– Il n'y avait plus de place dans le coffre, l'ai-je rassurée. Au moins, on a évité le pire…

– Ces vacances ne m'inspirent vraiment pas, a ajouté Lou. On va compter les jours qui nous séparent du retour, crois-moi !

Finalement, ce qu'on a dû compter, ce sont les virages ! Nous étions presque au bout du voyage, mais il restait le plus dur : monter au sommet du col de Peyrerousse… La route tournait sans arrêt. Je commençais à avoir mal à la tête et j'ai voulu ouvrir la fenêtre. Je n'en ai pas eu le temps. Lisa m'a vomi tout son petit-déjeuner sur les genoux !

Après ça, plus personne n'a été calme dans la voiture. Maman ne pouvait pas s'arrêter car la route était trop étroite, papa criait à Lisa qu'il allait s'occuper d'elle, Luna pleurait parce qu'on l'avait réveillée, Lou mettait sa tête dehors pour ne plus sentir l'odeur irrespirable... Quant à moi, j'étais en apnée, les yeux fermés, et j'essayais de visualiser la mer qui nous attendait l'année dernière à la même époque.

Heureusement, au bout de quelques kilomètres, maman a repéré un café et on a pu s'arrêter. Pendant que je me changeais dans les toilettes et qu'elle s'occupait de Lisa, papa a discuté avec le patron du bar. Quand on est revenues, il était plus blanc que la malade.

— Je me suis trompé de route, nous a-t-il annoncé. Montfloury, c'est l'autre col. Il faut redescendre...

— Tu vois, m'a chuchoté Lou, je te l'avais dit. Ça ne fait que commencer. Papa gère, et nous, on y pe...

Lou n'a pas eu le temps de finir sa phrase. Papa klaxonnait déjà ! Il avait repris le volant. L'ambiance était archi-tendue dans la voiture. Maman avait sa tête des mauvais jours.

On a donc recommencé à compter les virages, mais cette fois-ci Lisa a tenu bon. Quand on a vu le panneau « Montfloury », on a *toutes* poussé un cri de joie. Surtout moi qui tremblais pour mon deuxième jean...

– Regardez comme ça a l'air sympa ici! a réagi papa en ouvrant sa fenêtre.

L'air dans la voiture est soudain devenu ir-res-pi-ra-ble! Comment décrire une odeur mélangée de bouse et de chou-fleur pourri? Maman s'est écriée:

– C'est horrible! Quelqu'un a dû vider sa fosse septique sur la place du village, ce n'est pas possible!

– Mais non, l'a rassurée Lou. C'est juste l'odeur des corps en décomposition. Ils sont tous morts d'ennui ici!

En me bouchant le nez, j'ai regardé par la fenêtre. Le village ressemblait bien aux photos que nous avions vues. Des maisons grises, des toits gris, des rues grises et du vert à perte de vue. On est passés devant la fameuse maison des jeunes évoquée par mon père. Trois ados avachis sur des scooters y faisaient un concours de bulles de chewing-gum. Lou s'est mis la tête dans les mains, signe de désespoir chez elle.

– Alors ? s'est exclamée Luna. On arrive bientôt papa ?

– Ça y est ma chérie, lui a-t-il répondu en s'arrêtant devant une maison en pierres. C'est ici que notre voyage prend fin.

L'une après l'autre, on est *toutes* sorties précipitamment de la voiture. L'odeur pestilentielle s'était évaporée, comme par magie.

J'ai jeté un coup d'œil à l'énorme chalet qui allait nous abriter durant deux semaines. De vastes prés l'entouraient. Nos voisins les plus proches étaient des vaches qui paissaient sans se soucier de notre arrivée.

– Oh ! des bébés vaches ! s'est écriée Luna en s'élançant en direction du pré.

Maman a couru derrière elle pendant que papa pénétrait dans le chalet...

– Waouh ! s'est réjouie Lisa. On va pouvoir faire du bruit ici !

Elle a rejoint Luna en hurlant de toutes ses forces.

– J'ai envie de pleurer, a murmuré Lou. Soixante-dix-huit virages pour en arriver là !

J'avais un gros nœud à l'estomac. J'ai repensé au camping de l'an dernier et aux amies que je m'y étais faites. Papa est sorti de la maison, hilare.

– Devinez ! nous a-t-il dit. Devinez qui est la deuxième famille déjà installée dans le chalet ?

– Je ne sais pas... a répondu Lou d'un air las. Celle de l'immonde prof de maths que j'ai depuis deux ans au collège ? Je m'attends au pire de toute façon.

– Mais non ! a crié mon père. Regardez !

Sur le perron de la maison de nos vacances, à la queue leu leu, est apparue la famille Gandier.

Cinq personnes au total.

Un père, une mère, mais surtout trois garçons. Maxime seize ans, Axel douze ans et Bixente dix ans.

Tous plus bêtes les uns que les autres.

Trois garçons au chalet

Lou s'est recroquevillée sur son siège en poussant un cri d'horreur pendant que je me pétrifiais. Ma mère est arrivée à ce moment-là. Elle tenait fermement par la main Luna qui venait de décorer son jean couleur bouse de vache.

– Ça alors ! Guy et Martine ! Mais qu'est-ce que vous faites là ? s'est-elle écriée.

Les Gandier se sont alors lancés dans de grandes explications. Sans le savoir, papa avait continué à organiser les vacances de A à Z ! Guy et lui travaillent dans le même cabinet. À force de parler du petit bijou de chalet trouvé dans les Alpes, mon père a fini par donner à son associé l'envie de venir... Les Gandier se sont renseignés de leur côté et, sans rien nous dire, ils ont loué les trois chambres restantes pour leur famille.

– On a préféré vous faire la surprise ! a conclu Martine. Quand vous nous avez téléphoné avant-hier pour nous souhaiter bonnes vacances, on a eu du mal à garder notre sérieux. On savait qu'on allait se revoir très vite !

Les quatre adultes se sont mis à rire. Ils semblaient tout excités par cette excellente blague. Malheureusement, mes parents s'entendent à merveille avec les Gandier. Ils se voient très souvent. Il n'en est pas de même pour leurs enfants.

Les trois garçons faisaient des têtes d'enterrement. Ils paraissaient aussi consternés que nous.

J'ai fixé Axel, celui de mon âge. Il était plus moche de jour en jour. À l'idée de partager mon petit-déjeuner chaque matin avec lui, j'avais envie de m'enfuir en courant.

Lou m'a chuchoté :

– Je viens de faire l'opération sur mon portable. À raison de douze heures par jour, parce qu'évidemment on se couchera très tôt ici, il ne nous reste plus que cent soixante-huit heures à tenir.

– Cent soixante-sept et demi, ai-je précisé. Déjà une demi-heure de moins.

On a fini par sortir de la voiture pour embrasser nos « chers amis » Gandier.

Ensuite, on a *toutes* visité la maison. Sauf Luna qui s'est arrêtée avec maman dans la salle de bains, pour cause d'odeur nauséabonde. Le chalet était grand. Papa avait bien choisi, on ne peut pas se tromper sur tous les fronts...

Lorsqu'il a fallu décider de l'attribution des chambres, les 4 L ont frappé très fort. Lou voulait une chambre pour elle seule, j'ai protesté en décidant d'installer mes affaires avec elle. Pendant que ma valise, projetée par Lou, volait dans le couloir, Lisa criait qu'elle ne voulait pas dormir avec Luna parce qu'elle ronfle, et la petite fée rose pleurnichait parce qu'elle ne trouvait plus son doudou...

Il régnait une telle cacophonie dans le chalet que maman a hurlé plus fort que nous *toutes*! Dans ces cas-là, on réalise qu'on est allées trop loin. Lou m'a aidée à défaire ma valise dans notre chambre commune... On a laissé les petites s'installer chacune dans une pièce.

J'avais presque fini de ranger mes affaires lorsqu'un bruit de guitare est parvenu jusqu'à moi.

– Alerte rouge, a murmuré Lou. J'ai l'impression qu'on va avoir droit à une veillée…

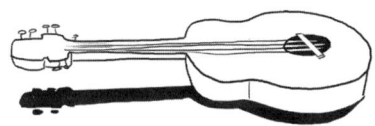

Effectivement, une fois dans le salon, on a constaté avec horreur que, si mon père n'avait pu prendre son vieil instrument, les Gandier s'en étaient chargés ! Maxime, une guitare entre les mains, fredonnait une chanson. Lou s'est assise à côté de lui et lui a vivement recommandé de ne prêter sa guitare à mon père sous aucun prétexte.

– S'il te l'emprunte, on est fichus, lui a-t-elle expliqué. Il prétend savoir jouer, mais à part « Hissez haut, Santi-a-no ! », il ne connaît rien !

— En plus, il joue avec un seul doigt et il chante faux, ai-je ajouté pour mieux enfoncer le clou.

Maxime a éclaté de rire. J'ai tout de suite remarqué qu'il n'avait plus ses bagues horribles. Moi qui le surnommais « Maxidents », j'avais intérêt à trouver un nouveau surnom... Lou a passé sa main dans les cheveux lentement. J'ai trouvé qu'elle le regardait bizarrement. Mais je n'ai pas eu le temps de percer ce mystère parce qu'Axel est arrivé, et j'ai préféré me réfugier dehors.

Chez moi, dès que j'ai un moment, je dessine. J'adore ces moments où je suis seule face à ma feuille. Mon imagination galope et j'invente souvent des décors et des personnages bizarres. Ici, j'allais avoir du mal à m'adonner à ma passion. Connaissant mes parents, traînasser à l'intérieur serait difficile ! En vacances les 2 Steph ont la fâcheuse tendance à exiger que nous profitions du « grand air » !

J'ai donc décidé de me trouver dehors un endroit bien à moi où je pourrais vivre ma vie sans contraintes. J'ai marché en direction d'un bosquet d'arbres en contrebas du chalet. Malheureusement, j'avais été devancée. Lisa avait déjà aménagé un petit espace bien à elle. Bixente apportait des bouts de bois qu'il arrangeait pour faire une hutte.

– C'est génial ici ! m'a-t-elle déclaré. Tu as vu notre camp ? On va mettre des panneaux d'interdiction partout.

– Ouais, a renchéri le charpentier, ce soir, tu n'auras plus le droit de venir nous voir. Tu peux le dire à mes frères aussi.

J'ai haussé les épaules et j'ai rebroussé chemin. Visiblement, Lisa avait révisé son jugement sur Bixente. Elle qui le traite toujours de bébé dès qu'il vient à la maison et refuse même qu'il entre dans sa chambre !

Lorsque je suis revenue au chalet, Lou était toujours en pleine conversation avec Maxime. Ses joues étaient rouges et elle affichait un sourire béat. J'ai essayé de me joindre à leur duo mais j'ai senti que j'étais de trop. La colère a commencé à me gagner. Lisa s'associait avec le petit Gandier, Lou avec le grand ! Pourtant, le mois dernier, ma sœur aînée déclarait encore :

– Si j'avais eu un frère comme Maxime, je me serais suicidée juste après ma naissance...

Pourquoi un tel revirement ?

J'avais l'impression que ces vacances seraient horribles, mais juste pour moi. On était toutes d'accord avant de venir pourtant. La montagne en été, c'est nul !

J'ai rejoint maman qui se reposait dans une chaise longue devant le chalet.

– Bonne nouvelle, m'a-t-elle dit en m'invitant à m'asseoir à côté d'elle. Les hommes sont allés au ravitaillement et ils préparent le repas ce soir.

– Oh non... Ils vont remplir le frigo de trucs immangeables !

La dernière fois que papa avait été faire les courses, il avait rapporté un plein chariot de plats tout prêts que personne n'aime à la maison. J'ai essayé de me détendre en fermant les yeux. Ma mère m'a alors suggéré de rejoindre Axel qui s'ennuyait dans sa chambre.

– Ce n'est pas parce que les Gandier nous ont suivis en douce que je suis obligée de tenir compagnie à leur fils!

– Tu me parais énervée ma belle, m'a répondu maman. C'est l'air de la montagne qui t'irrite?

Je n'ai rien voulu répondre. J'entendais les rires de Lou dans la maison. Lisa courait en contrebas de la maison, les bras chargés de feuilles. Bixente la poursuivait en poussant des cris d'Indien. Luna, assise à nos pieds, construisait une maison pour les fourmis avec des toboggans et des tourniquets. Bref, elles étaient *toutes* très occupées. À part moi! Et comme s'il fallait en rajouter à mon blues, papa est revenu avec son ami Guy les bras chargés de charcuterie et de fromage et il a annoncé :

– On se fait une méga-raclette ce soir!

Je déteste ça, bien sûr. Mais dans cette famille, je compte toujours pour du beurre!

– J'ai résolu le mystère de l'odeur pestilentielle, a expliqué mon père en rangeant les courses. Il y a une usine de cellulose à quelques kilomètres d'ici. Les jours de grand vent, le village se retrouve embaumé par les émanations.

Maman et Martine ont entamé un débat sur la pollution, mais j'ai préféré m'éclipser dans ma chambre.

Pendant le repas, je n'ai pas avalé grand-chose. Et tout de suite après, j'ai carrément fui la salle à manger. Papa a emprunté la guitare de Maxime pour jouer son morceau préféré.

Je me suis glissée sous les draps pour ne plus l'entendre et j'ai immédiatement sombré dans un sommeil profond.

Une déviation qui fait du bruit

Je me suis réveillée très tôt le lendemain matin. Évidemment, en se couchant avec les poules, on se réveille avec le coq!

J'ai quitté la chambre sur la pointe des pieds pour me rendre dans la cuisine. Sur un grand tableau noir, papa avait écrit le programme de la journée. On était censés faire une randonnée vers les alpages les plus proches.

Les vacances commençaient vraiment. Comment expliquer alors que j'avais une furieuse envie de me recoucher ? Je me suis préparé un bol de chocolat chaud en espérant pouvoir l'avaler sans être dérangée. Mais évidemment, je n'ai pas eu le temps de tremper les lèvres dans ma boisson préférée.

— 'alut, a grogné Axel Gandier en s'asseyant en face de moi.

Au réveil, il était encore plus moche !

— 'alut toi-même, lui ai-je répondu sans lever les yeux de mon bol.

— Y a du lait ?

— Je suis allée traire une vache. Tu devrais essayer, c'est génial !

Axel a haussé les épaules et il a ouvert le frigo.

C'est le moment qu'a choisi mon père pour faire son apparition en lançant d'une grosse voix :

— Hello les jeunes ! On prend des forces pour la grande balade ?

Axel a sursauté. Il en a lâché la bouteille de lait dont le contenu s'est immédiatement répandu sur le sol. L'espace d'un instant, j'ai eu pitié de lui. J'allais l'aider à réparer sa bêtise, mais papa m'a stoppée dans mon élan.

— Je pars courir, nous a-t-il dit. Vous allez me rendre un service tous les deux après votre petit-déjeuner. Vous descendrez au village acheter des baguettes pour les sandwiches de midi. Comme ça, vous pourrez continuer à discuter tranquillement sans être dérangés. OK ?

– Pas question, ai-je protesté. Tu n'as qu'à y aller en voiture quand tu rentreras de ton jogging !

Papa a parlé de la pollution et de l'éco-citoyenneté à la montagne. Quand il commence à discourir ainsi, impossible de l'arrêter. J'ai préféré fuir.

Je suis donc descendue vers Montfloury en compagnie d'Axel. Le ciel était couvert. Avec un peu de chance, il pleuvrait avant notre départ et la randonnée serait annulée. On n'a pas échangé un seul mot jusqu'au village, où nous attendait une drôle de surprise... Toutes les rues étaient barrées ! Une centaine de personnes avait envahi la place principale. Des banderoles étaient accrochées un peu partout. On pouvait y lire :

*« Non à la déviation
de la départementale 21 »
« D 21 = mort du village »
« Montfloury OUI
Montdétruit NON. »*

De temps en temps, des slogans fusaient. J'ai particulièrement aimé « Eh l'préfet, t'es foutu, ton village est dans la rue ! ». Je me suis surprise à le crier avec les gens qui m'entouraient.

– Qu'est-ce qui t'arrive ? a hurlé Axel qui me regardait taper dans les mains en cadence.

– Je participe à la vie du village. Ça te gêne ?

Je n'ai pas entendu sa réponse. Sûrement vexé, il est parti vers la boulangerie. Un garçon s'est approché de moi. Je distinguais mal son visage, caché par une grande pancarte sur laquelle était dessinée une vache avec des yeux révulsés.

– T'es d'ici toi ? m'a-t-il demandé.

– Juste pour les vacances, ai-je crié pour couvrir le bruit des slogans. C'est quoi ton dessin exactement ?

– C'est une vache à qui on apprend que son champ va être traversé par la nouvelle déviation. Elle a mal aux pis…

Je me suis mise à rire. Axel m'a rejointe les bras chargés de pain.

– Bon, on rentre ! a-t-il lancé d'un air désagréable.

– C'est ton frère ? m'a questionné le garçon.

– Sûrement pas ! J'aurais la tête de ta vache si c'était le cas !

Le jeune a posé sa pancarte par terre et m'a souri. C'est à ce moment-là que j'ai reçu une décharge électrique en plein cœur.

– On manifeste toute la matinée. Reste avec nous si tu veux ! m'a-t-il proposé en souriant encore plus.

J'ai été incapable de répondre.

Comment parler quand on est frappée par la foudre, irradiée par un rayon nucléaire, déchiquetée par une bombe à neutrons ? Ma route venait de croiser le plus beau garçon des Alpes du Sud. Et il m'avait souri…

Je ne sais pas comment j'ai pu revenir au chalet après ça.

Tout le monde était levé et il y avait une belle pagaille dans la salle à manger. J'avais envie de repartir en courant vers le village. Je venais de me découvrir une véritable passion pour les manifestations.

– Départ dans vingt minutes, a chantonné Guy Gandier qui paradait dans une tenue de sport dernier cri.

J'ai rejoint Lou dans la chambre. Elle était en train de s'admirer dans la glace, ce qu'elle fait environ cinquante fois par jour. Elle avait enfilé un short ultra-moulant et un tee-shirt mini.

J'ai lancé :

– Super tenue pour la montagne. C'est pour Maxou choupinou que tu t'es fait belle ?

Ma sœur m'a jeté un regard méprisant en marmonnant :

– Tu ne peux pas comprendre…

J'allais lui parler de la manifestation, mais je me suis tue. Je ne supporte pas que Lou me traite comme si j'avais l'âge de Luna. Elle prend des airs supérieurs quand je la critique et elle cherche à me prouver que son grand âge lui donne plusieurs longueurs d'avance !

– Il n'y a rien à comprendre ! ai-je insisté. Je vois juste que tu mets cette tenue pour plaire à un garçon que tu trouvais stupide il y a quelques jours !

– D'abord, je ne l'ai pas vu depuis un mois, et il a drôlement changé ! Je trouve que, maintenant, il fait plus vieux que la plupart des garçons de ma classe. En plus, il joue super bien de la guitare. Tu aurais dû l'écouter hier soir, c'était géni...

Lou n'a pas eu le temps de finir sa phrase. Un grand bruit a retenti dans la chambre de Luna et des hurlements ont suivi. Ma sœur et moi nous avons foncé dans la pièce d'à côté. La petite fée rose était par terre, le pied coincé sous un bureau renversé.

– Mon piiied ! Mon piiied, hurlait-elle en essayant de se libérer.

Nous l'avons délivrée et mon père, qui s'était précipité au secours de sa fille, l'a étendue sur son lit et a commencé à examiner son pied. Les cris de Luna sont devenus encore plus perçants.

– Urgences obligatoires, nous a annoncé papa. Je pense qu'elle vient de se casser un métatarse.

Maman est arrivée en trombe, suivie de Lisa et de la famille Gandier au complet. La chambre de notre petite sœur s'est remplie d'exclamations. On s'est *toutes* réunies autour de Luna et, comme à chaque fois en cas de crise, on l'a prise dans nos bras.

– Ne t'en fais pas ma puce, a murmuré Lou. On va bien te soigner.

– Je te lirai l'histoire que tu adores, a ajouté Lisa, tu sais, *Alberta la vache aux mille taches.*

– Quand tu rentreras, je ferai plein de dessins avec toi, ai-je annoncé à mon tour.

Luna a fini par se calmer, et mes parents l'ont transportée dans la voiture.

Entretemps, la petite fée rose nous a raconté les circonstances de son accident. Elle voulait dire au revoir aux vaches avant de partir en randonnée. Pour ouvrir sa fenêtre, elle s'est donc appuyée sur le bureau, qui a basculé sous son poids. La suite allait se dérouler aux urgences de la ville la plus proche.

Lisa, Lou et moi, sommes restées au chalet avec les Gandier. La pluie s'est mise à tomber, contrariant mes projets. Je pensais en effet pouvoir retourner au village puisque la randonnée n'avait plus lieu ! J'imaginais mon bel inconnu, ruisselant sous sa pancarte... Où pouvait-il habiter ? Est-ce que j'allais le revoir ? J'avais un peu honte mais je pensais plus à ce garçon qu'à Luna qui devait être en train de pleurer à l'hôpital.

Nous avons passé la journée entière sans mettre le nez dehors. Guy et Martine cuisinaient.

Lou et Maxime étaient inséparables. Ils jouaient au poker et je les entendais rire comme des fous. Lisa faisait des plans de cabane avec Bixente. Axel avait le nez plongé sur sa console. Je me suis retrouvée seule dans ma chambre une fois de plus. Mais là, je ne souffrais pas de la solitude. Je rêvais de ma prochaine rencontre avec mon prince des montagnes. Je nous imaginais défilant dans les rues côte à côte en criant : « NON NON ! Pas de déviation ! »

Quand mes parents sont revenus, Luna avait une attelle sur deux doigts de pied et elle exhibait fièrement ses béquilles... roses, bien sûr !

– Adieu les randos, a murmuré papa en s'asseyant dans le salon. Elle est immobilisée pour un mois.

C'est horrible, mais cette nouvelle m'a remplie de bonheur. Si Luna ne pouvait plus se balader, on resterait au chalet. Et je pourrais descendre au village régulièrement.

Dans ma tête résonnait un petit son de cloches qui ne ressemblait pas à celui produit par les vaches. J'entendais « Bel inconnu… Bel inconnu… »

Un sauveteur inattendu

Le lendemain matin, le soleil était de retour et j'étais d'excellente humeur. Dès le petit-déjeuner, j'ai imaginé des milliers de scénarios possibles pour descendre au village. Il me fallait revoir le garçon de la veille.

J'étais en train de me demander si les manifestations avaient lieu tous les jours lorsque mes parents et les Gandier ont investi la salle à manger.

– Programme des réjouissances, les jeunes, a crié papa, demandez le programme !

Mon père est toujours en forme pendant les vacances. Il a tellement d'énergie qu'il en devient parfois fatigant. Il nous a annoncé qu'une grande randonnée était prévue pour la journée. J'ai tout de suite pensé à Luna. Enfin, juste après le bel inconnu de la manifestation...

– Je reste avec la blessée ! ai-je prévenu.

Je me voyais déjà faire un tour au village pendant la sieste que j'imposerais à ma petite sœur... Malheureusement, les choses ne se passent jamais comme on les envisage quand on n'a que douze ans. Maman m'a expliqué que j'étais trop jeune pour jouer la baby-sitter.

– Il n'y a aucun voisin alentour, et tu ne connais pas bien le coin, m'a-t-elle dit. Lou et Maxime se sont déjà proposés pour s'occuper de Luna. C'est mieux ainsi.

J'enrageais ! C'est toujours pareil dans cette famille. Lou passe en premier parce qu'elle est la plus grande. En plus, j'étais sûre qu'elle et son chéri profiteraient de notre absence pour s'embrasser dans les coins. Tu parles d'une surveillance !

Je râlais encore sur le chemin des alpages. Lisa caracolait en tête, suivie de près par son chevalier servant. Martine et maman n'arrêtaient pas de discuter. Les deux hommes se prenaient pour des guides de haute montagne avec leurs bâtons de randonnée et leurs shorts multipoches. Quant à Axel, il avançait sans dire un mot, son iPod sur les oreilles.

Il avait l'air aussi enchanté que moi à l'idée de passer une journée à marcher.

Au bout de deux bonnes heures, la pause pique-nique s'est avérée indispensable. Comme papa insistait pour que « les jeunes mangent ensemble », j'ai dû avaler mes sandwiches en compagnie d'Axel. Son menton dégoulinait de mayonnaise et il avalait chaque bouchée sans la mâcher. J'ai préféré me lever pour scruter les champs qu'on voyait au loin. J'espérais y apercevoir des troupeaux... et peut-être un beau berger au sourire inoubliable.

Lorsque mon père a sonné le rassemblement, j'avais eu le temps d'imaginer des dizaines de scénarios différents qui me permettraient de revoir mon bel inconnu. Je courais vers lui dans un champ de coquelicots qui volaient au vent lorsqu'il m'a fallu reprendre la marche...

Au bout d'un long moment, ma mère s'est inquiétée.

– Stéphane, tu es sûr qu'on est sur le bon chemin ? a-t-elle demandé.

Mon père a fait la tête de l'homme qui assure en toutes circonstances :

– Évidemment ma chérie ! Il n'y a pas cinquante chemins possibles !

Guy s'est mis à rire. Une heure plus tard, quand on s'est arrêtés, il ne riait plus du tout.

– Je pense qu'on tourne en rond, a gémi Martine. C'est toujours les mêmes mélèzes, toujours les mêmes rochers...

Papa a saisi son sac à dos en plaisantant :

– Ha ha ! Heureusement que je suis là !

J'ai ce qu'il faut dans ce sac pour nous permettre de retrouver notre chemin.

On l'aurait sûrement retrouvé si papa n'avait pas fait une erreur un peu bête. En bon étourdi, il est parti avec la carte routière de la région... pratique seulement quand on est en voiture !

On a encore tourné une bonne heure. Axel avait rangé son iPod et il participait à la conversation qui devenait de plus en plus tendue. Quand on est arrivés pour la troisième fois au même endroit, maman a commencé à s'énerver :

– Fais quelque chose, Steph ! On ne va pas marcher comme ça jusqu'à la nuit tombée !

Mon père a soupiré très fort. Il a sorti son portable et s'est résolu à appeler les secours pour signaler que nous étions perdus. Il a fallu indiquer notre position, mais à part dire que nous étions entre deux forêts et deux versants de montagne, nous avions peu d'éléments...

Finalement, nous avons attendu une heure supplémentaire avant d'apercevoir deux personnes qui montaient vers nous. Et là, le ciel m'est tombé sur la tête! Je me suis retrouvée face à mon bel inconnu!

Il n'appartenait pas à une famille de bergers. Son père était guide de haute montagne et, pendant les vacances, il l'aidait à voler au secours des promeneurs imprudents de la ville.

C'est ce qu'il m'a appris alors que nous redescendions vers notre chalet.

– Moi, c'est Benjamin, s'est-il présenté. Et toi?

J'ai réussi à prononcer mon prénom sans bégayer.

– En fait, vous étiez près du village, mais sans carte on perd vite ses repères. Encore heureux que vous ayez eu un portable. Vous auriez pu tourner en rond longtemps. En été, mon père passe son temps à aller chercher des groupes qui ne trouvent plus leur route.

– Être guide, ce doit être passionnant, ai-je murmuré alors que, quelques jours plus tôt, je détestais tout ce qui a trait à la montagne.

– En fait, c'est ce que je veux devenir. Je ne me sens pas capable de vivre loin d'ici. J'aime Montfloury parce qu'on y est tranquilles, tu vois ? C'est pour ça qu'on manifestait l'autre jour. Il y a un projet de déviation de route départementale pour desservir les grandes villes du bout du département. S'il se réalise, notre village en sera à quelques centaines de mètres seulement ! Tu te rends compte ?

J'ai essayé de prendre l'air le plus grave possible. Si j'avais pu, j'aurais pleuré pour lui montrer combien je partageais son inquiétude.

Axel nous a rejoints et le charme a été rompu. Les deux garçons ont parlé de foot et je me suis sentie exclue de la conversation.

Je réfléchissais dans mon coin. Si un jour je me mariais avec Benjamin, je serais condamnée à quitter Paris... Mon amour serait-il assez fort pour que j'arrive à supporter la vie à la montagne ?

Nous sommes finalement arrivés au chalet. Mes parents ont chaleureusement remercié Benjamin et son père, et les Gandier les ont invités à revenir pour l'apéritif. Mon rythme cardiaque s'est accéléré. J'en aurais sauté de joie.

Au chalet, Luna était en pleine forme. Lou nous a expliqué que tout s'était merveilleusement bien passé. Nous avons dû lui avouer que, de notre côté, nous ne pouvions pas en dire autant. Papa s'est lancé dans un grand discours sur l'importance d'être au contact de la population autochtone et Lisa a évidemment voulu savoir ce que ce mot bizarre signifiait. Pendant que papa expliquait qu'un autochtone était un peu un indigène, maman a ironisé :

– Tu veux nous faire croire que tu t'es volontairement perdu pour rencontrer un guide cent pour cent montagnard?

Lisa a ensuite demandé ce qu'était un indigène et le docteur Juin a soupiré très fort.

Je ne suis pas restée pour entendre sa réponse. Je me suis précipitée dans ma chambre pour trouver la tenue qui me mettrait le plus en valeur pour l'apéro du soir. Me voyant farfouiller dans mon placard, Lou est venue aux nouvelles et je lui ai raconté ma rencontre avec Benjamin. Elle était presque aussi impatiente que moi de le voir.

Du coup, on a été deux à être déçues.

Mon prince des montagnes n'est pas venu.

Réunion de crise

Après l'horrible déception de la veille, je me suis réveillée avec le cafard. J'étais certaine que je ne plaisais pas à Benjamin. On ne reste pas chez soi lorsqu'on est invité chez les parents d'une fille qu'on trouve à son goût! Et c'est pourtant ainsi qu'avait agi mon ex-prince des montagnes.

Il préférait regarder du foot à la télé! Quelle horreur!

J'en avais encore le rouge aux joues de dépit et j'en voulais à la terre entière. D'abord à mon père qui nous avait imposé ces vacances vertes, mais aussi à maman qui les avait acceptées et à mes trois sœurs qui s'accommodaient parfaitement de ces journées passées dans un coin perdu de montagne. J'étais la seule à être complètement seule !

Je n'avais envie de parler à personne. Lou s'est assise sur mon lit.

– Tu ne te sens pas bien ? m'a-t-elle demandé. Tu veux que j'appelle papa ?

– Surtout pas ! ai-je crié en me cachant sous mon oreiller. Je le déteste lui et son Montfloury !

Lou a souri. Elle a tenté de me convaincre que nos vacances étaient plutôt agréables mais j'ai refusé de l'écouter.

– Ne me dis pas que tu es contrariée parce que le petit guide de haute montagne n'est pas venu hier soir ! s'est exclamée ma sœur.

Comme je ne répondais pas, elle a compris.

– Ouh là là, a-t-elle chuchoté. C'est beaucoup plus grave que je ne le pensais alors. Il faut organiser une réunion de crise.

Ce type de rassemblement a lieu régulièrement à la maison. Dès que l'une des 4 L a un gros souci ou un grand chagrin, les trois L restantes tentent de trouver une solution, ou au moins de la consoler durablement.

Cinq minutes plus tard, Lou avait réussi à dénicher mes deux petites sœurs. Par contre, fait exceptionnel, un nouveau membre participait à cette réunion.

– Alors, qu'est-ce qui se passe ? a demandé Maxime un peu intimidé d'être convié à une assemblée de filles.

Lou a expliqué ma situation et Luna a chantonné : « Elle est amoureu-se, elle est amoureu-se ! »

– Le problème n'est pas là ! a tranché notre aînée. On t'a déjà expliqué que les réunions de crise ne sont pas faites pour les bébés. Tu veux rester oui ou non ?

Luna était à deux doigts de pleurer, mais elle a su se contenir. La petite fée rose est toujours très fière d'être convoquée à nos réunions, et même si elle ne fait pas souvent avancer les choses, elle essaie toujours d'être une « grande » comme ses sœurs.

Lou a continué :

– Si on se réunit, c'est pour trouver une solution ! Comment aider Laure à revoir son sauveteur des montagnes ?

Tout le monde s'est mis à parler en même temps, comme d'habitude. Lou a géré le débat, mais elle s'est vite énervée parce que mes deux petites sœurs avaient des idées complètement farfelues à nous proposer.

– Tu dessines des cœurs sur toutes les pierres de tous les sentiers sur lesquels il va marcher, a suggéré Lisa.

– Ah oui ! Et en plus, tu écris « amour » sur des ballons et on les lance dans le ciel ! a ajouté Luna enthousiaste.

– Tu peux aussi lui inventer un poème. Si tu veux, je t'aide…

Tu es si beau Benjamin
Et en plus, tu…

– … aimes le lapin ! a conclu Lou pour couper court aux propositions de Lisa.

Je commençais à rire lorsque Maxime a levé le doigt.

– J'ai peut-être un plan, a-t-il dit en essayant de couvrir la cacophonie qui régnait dans la chambre.

Du coup, on s'est *toutes* arrêtées de parler. Max s'est tourné vers moi et a proposé :

– Lou et toi, vous pourriez descendre avec moi ce soir sur la place du village. Je prends ma guitare et j'improvise un miniconcert. Les jeunes viennent nous voir, « par le bruit alléchés »...

– Et boum, ton Benjamin est là aussi ! Et hop, tu lui parles ! a renchéri Lou.

– Et crac, il tombe amoureux de toi ! a conclu Lisa avec un grand sourire.

– Et ding dong, lui aussi, il t'aime d'amour, a ajouté Luna en pouffant.

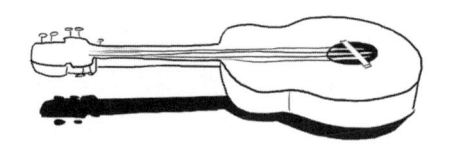

J'ai regardé les trois L. On peut dire ce qu'on veut sur les familles nombreuses. Moi, je trouve génial d'avoir des sœurs qui pensent à moi quand je vais mal !

Du coup, on a *toutes* félicité Max pour son idée, il en a rosi de plaisir. Surtout quand Lou lui a posé un bisou tout près de la bouche ! Il nous restait juste à convaincre les deux Steph de la nécessité d'aller passer la fin de la soirée sur la grande place du village.

Bien sûr, papa a demandé des explications mais comme il était d'excellente humeur, il n'y a pas eu de problème.

— Bonne idée ! a-t-il déclaré une fois que Lou lui a expliqué notre projet en évitant de parler de mon attrait pour Benjamin. Vous ferez connaissance avec les jeunes du village comme ça.

Pour une fois, je n'ai pas vu la journée passer !

À 21 heures, après d'ultimes recommandations de mes parents, Maxime, Lou et moi étions en route vers le village. Axel avait refusé de nous accompagner. Il préférait jouer sur sa console.

Il ne me manquerait pas puisque, de toute façon, on échangeait trois mots par jour.

Sur la grande place, c'était le calme plat. Il y avait juste un papi qui somnolait sur un banc.

– Tu vas voir, m'a chuchoté Maxime, on va le réveiller le pépé!

Effectivement, aux premiers accords de guitare, le vieux monsieur a levé le camp.

À présent, nous étions juste trois sur la place. Lou s'est mise à chanter à tue-tête en tapant dans ses mains. Au bout de deux chansons, deux garçons ont pointé le bout de leur nez. Ensuite, trois filles de mon âge sont arrivées. En une demi-heure, on était une bonne douzaine et il y avait une ambiance du tonnerre !

Mais malheureusement, Benjamin n'apparaissait toujours pas. C'est au moment où Max a entonné *We will rock you* que mon cœur a bondi dans ma poitrine. Au bout de la place, une silhouette familière se dirigeait vers nous...

J'ai fait un signe à Lou qui a tout de suite compris. Mon prince des montagnes a fini par s'asseoir. Il m'a souri et j'ai cru que j'allais m'évanouir sur place. Maxime continuait à chantonner mais je n'entendais plus rien.

La nuit était tombée, et seuls les lampadaires de la place nous éclairaient.

Dans la demi-pénombre, mon bel inconnu était encore plus beau. Lou a profité d'une pause dans les chansons pour s'installer à ses côtés et lui parler.

L'espace d'une seconde, j'ai eu envie de disparaître sous terre. Qu'est-ce qu'elle pouvait bien lui raconter ? Elle m'a très vite adressé un petit geste de la main pour que je la rejoigne. Je suis restée sur place, pétrifiée par la timidité.

Au moment où je faisais l'effort surhumain de me lever, Benjamin m'a imitée. Je l'ai vu se pencher vers Lou, il m'a adressé un au revoir avant de s'en aller… La place m'a soudain paru sinistre. Maxime chantait mais je n'écoutais plus rien. J'avais envie de m'enfuir.

– Qu'est-ce que tu fabriquais ? s'est écriée Lou en me rejoignant. Tu n'as pas vu que je t'appelais ?

J'ai baissé la tête. Je me sentais nulle. C'était bien la première fois qu'un garçon me faisait un tel effet.

– On a parlé de toi en plus ! continuait Lou. J'expliquais à Benjamin que j'étais ta sœur et que c'était toi qui avais eu l'idée de ce miniconcert.

– Quoi ? ai-je hurlé.

Maxime avait arrêté de chanter et tous les regards se sont tournés vers moi. J'ai continué en chuchotant :

– Tu lui as parlé de moi ? N'importe quoi !

– Il fallait bien meubler la conversation ! Il n'est pas très bavard ton prince des montagnes. Et en plus, c'est un couche-tôt ! Il m'a dit qu'il était fatigué. Tu es tombée amoureuse d'un ours des cavernes…

Lou s'est mise à rire.

– Allez Laure, arrête de faire cette tête d'enterrement. On va trouver un moyen de l'apprivoiser, ton ours ! Il suffit d'un bon miel !

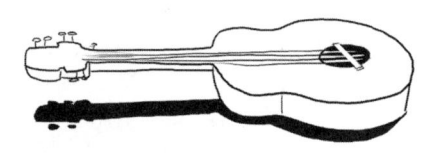

J'ai haussé les épaules. Maxime nous a rejointes avec sa guitare sous le bras. À ma tête, il a compris que notre plan avait échoué. Il a pris la main de ma sœur qui m'a serrée contre elle. On est rentrés au chalet à petits pas.

Les montagnes se découpaient dans le lointain. Lou s'est exclamée qu'elle trouvait le paysage vraiment magnifique.

Moi, je le trouvais de plus en plus lugubre.

On s'engage !

Le lendemain matin, j'ai été réveillée par un bruit inhabituel. C'était le branle-bas de combat dans la cuisine. Les Gandier et mes parents étaient en train de ranger les fruits et les légumes qu'ils avaient rapportés du marché.

J'aime prendre mon petit-déjeuner dans le calme et j'ai pourtant dû subir les exclamations de joie de ma mère et de Françoise à chaque fois qu'elles sortaient un légume de leurs paniers.

On avait l'impression que la future ratatouille qu'elles allaient immanquablement préparer les mettait en transe !

Bixente, Luna et Lisa tenaient dans leurs mains des poussins achetés au village, ils avaient décidé de se lancer dans l'élevage !

– Moi j'ai deux poussins, ils s'appellent Poupou et Sinsin, m'a expliqué Luna, ravie.

– Si on s'en occupe bien, ils deviendront de magnifiques poulets ! a ajouté Lisa très fière.

– On va avoir des centaines d'œufs et on les vendra pour avoir plein d'argent, a continué Bixente.

– Comme ça, on pourra racheter des tonnes d'autres mimis poussins ! a conclu la petite fée rose qui était en train d'en étouffer un à force de le caresser.

Et les trois complices sont partis en contrebas de la maison construire un poulailler.

Papa qui s'en allait à son jogging leur a crié :

– N'oubliez pas la piscine !

Décidément, ces vacances rendaient tout le monde gaga et j'ai fui sur la terrasse avec un bol de chocolat. Je m'étais fixé un seul objectif pour la journée : rayer définitivement de ma vie le pseudo-prince de mes rêves.

« C'est un nul, un zéro, un ours des cavernes, un plouc des montagnes, un looser des Alpes... »

Je me répétais ce refrain en regardant les vaches paître. Lorsque Lisa m'a rejointe et a déposé un papier plié en quatre à côté de mon bol, je l'ai jeté par terre d'une pichenette.

Je me sentais d'une humeur massacrante et je n'avais aucune envie de lire les productions écrites de ma petite sœur ! Je pensais que c'était encore un des innombrables plans de cabanes qu'elle invente avec Bixente depuis qu'elle est à la montagne !

Je lui ai lancé :

– Tu as déjà fini de construire ton poulailler ?

Mais elle ne s'est pas démontée. Elle a ramassé le papier en murmurant à mon oreille :

– Et si je te dis que c'est ton sauveteur des montagnes qui m'a donné cette feuille au marché... Alors ? Toujours pas intéressée ?

En haussant les épaules pour bien montrer que j'avais tourné la page « Benjamin m'attire irrésistiblement », j'ai jeté un œil sur le prospectus. Les opposants à la déviation avaient profité du marché pour dévoiler leurs projets.

Le papier stipulait qu'une « assemblée préparatoire à une manifestation d'envergure » aurait lieu le soir même.

– C'est la solution à ton problème, a continué Lisa qui chuchotait toujours. Tu vas à cette réunion parce que ton futur chéri y est. Si en plus, tu t'arranges pour participer aussi à la manif, alors là, c'est le coup de foudre assuré !

J'ai regardé ma petite sœur de huit ans à peine, dont le cerveau en éruption permanente est capable de produire des milliards d'idées chaque jour.

Elle venait de mettre le doigt sur le cœur du problème.

Ce qui préoccupait vraiment Benjamin, c'était SON coin de montagne ! Il me l'avait expliqué lorsqu'il était venu nous sauver avec son père. Donc, si je me lançais dans ce projet anti-déviation à ses côtés, j'avais toutes les chances qu'il s'intéresse vraiment à moi !

– Tu es géniale Lisa ! ai-je murmuré à mon tour. Le seul problème dans ce plan, ce sont les 2 Steph. Ils ne me laisseront jamais aller à cette réunion ce soir. Quant à la manif...

– Même pas en rêve, a soupiré ma sœur d'un ton lugubre.

Je n'ai pas eu le temps de réfléchir davantage à ce terrible problème ce matin-là. Vers midi, papa et Guy nous ont convoqués dans le salon, et j'ai appris que nous partions à vélo pour une balade-pique-nique. Maman avait trouvé un loueur de bicyclettes et Luna nous accompagnerait, assise dans un siège pour enfant à l'arrière du vélo de papa.

Du coup, la maisonnée s'activait joyeusement et je devais suivre le mouvement. Il m'a été impossible de mettre au point un plan manif, puisque j'ai pédalé plus de trois heures sur un vélo qui datait au moins du XIXe siècle !

Une fois de retour au chalet, tout le monde était épuisé. Surtout papa qui avait un sacré handicap depuis le début. Il a suggéré une activité sieste ou repos qui a été adoptée à l'unanimité.

Je me suis retrouvée avec Lou dans notre chambre, et je lui ai très vite exposé mon envie. Après lecture du tract, elle s'est emballée.

– C'est génial ! Une vraie manif pour un vrai problème ! Il faut tous y aller !

– Comment ça tous ? lui ai-je demandé un peu inquiète.

– Ben nous, les jeunes ! m'a-t-elle répondu. Je vois mal les 2 Steph ou les parents de Max dans des festivités de ce genre !

Après un clin d'œil, elle a suggéré :

– Réunion de crise, non ?

Comme Luna dormait, on était juste trois L pour réfléchir. Par contre, cette fois-ci, il y avait trois garçons en plus ! Lou avait été chercher son Maxou et Axel, qui était dans la chambre de son frère, avait eu envie de l'accompagner. Du coup, Bixente avait suivi le duo.

– On n'a plus qu'à appeler les vaches et on est au complet ! ai-je bougonné.

– L'union fait la force, m'a rétorqué Lou, enthousiaste. On a besoin de tous les cerveaux pour mettre au point un plan irréprochable.

– Un plan pour quoi ? a demandé Bixente qui avait encore un poussin dans la poche.

– Pour participer à une grande manif ! a déclaré Lisa dont les yeux brillaient. Ça va être génial !

C'est ainsi que mon projet est devenu celui du groupe. Les cinq autres participants à la réunion ont décidé de prendre part à la manif bien qu'ils aient des raisons très différentes.

Lou et Maxime pensaient qu'il était temps pour eux de s'impliquer dans des projets sérieux.

– Une cause écologique à défendre, c'est toujours important, nous ont-ils expliqué. Et s'investir dans un projet utile, c'est de toute façon intelligent !

Ensuite, Axel a pris la parole.

– Ouais, je suis partant moi aussi. J'ai rien d'autre à faire de plus intéressant, nous a-t-il dit en bâillant. Je viens de finir mon jeu sur la console.

Lisa s'est écriée qu'elle était à l'origine du projet grâce à sa rencontre avec Benjamin au marché. Elle devait donc absolument être des nôtres. Quant à Bixente, il était l'ombre de Lisa…

Une fois d'accord sur le nombre de participants, on a étudié les possibilités qui s'offraient à nous. Maxime a expliqué que nous n'avions pas besoin d'aller à la réunion de préparation, il suffisait de connaître la date et l'heure de la manifestation. Pour cela, il irait le soir sur la place du village pour se renseigner.

On a ensuite décidé de la répartition des tâches.

– Avec Maxime, on se charge de trouver un moyen d'éloigner les parents et Luna le jour J, a expliqué Lou. Il faut leur trouver une visite à faire sans nous qui dure au moins une demi-journée. C'est le temps minimum pour une manif, non ?

– Pour Luna, ça va être dur ! a dit Lisa. On l'exclut carrément des 4 L !

– Les petites fées ne vont pas dans les manifs, a affirmé notre aînée d'un ton sans appel. Et puis, vous pouvez être sûrs que si on l'emmène avec nous, c'est la cata assurée.

Notre petite sœur resterait donc en dehors de ce projet.

Axel m'a étonnée puisqu'il a spontanément proposé ses services :

– Avec Laure, j'ai vu les manifestants l'autre jour sur la place du village. Ils avaient tous des banderoles. Je vais en bricoler une et on la décorera ! Il faut un slogan !

– Génial! a crié Bixente, enthousiaste. C'est quoi un slogan?

Pendant que Lou donnait la définition de ce mot, j'ai levé le doigt pour expliquer que je m'occuperais du dessin sur la banderole.

Je me souvenais de la vache aux yeux révulsés dessinée sur celle de Benjamin lors de la première manif du village. C'est grâce à elle que j'avais rencontré mon beau sauveteur…

Lisa et Bixente ont été désignés pour trouver un slogan accrocheur. Ma petite sœur avait déjà son carnet en main pour chercher des idées!

On s'est donné rendez-vous le soir même pour connaître la date de la manifestation.

C'était la première fois depuis qu'on était à la montagne qu'un projet m'intéressait. Mais c'était surtout la première fois que je faisais vraiment partie d'un groupe. Mes sœurs, les frères Gandier et moi, partagions désormais un secret et nous avions une mission à remplir!

Un plan B

Pendant le repas ce soir-là, j'avais l'impression de sentir un courant électrique circuler autour de la table.

Bixente ne tenait pas en place et pouffait de rire, Lisa lui chuchotait en permanence à l'oreille. Axel jouait frénétiquement avec ses couverts !

Maxime regardait sa montre toutes les cinq minutes, il ne voulait pas partir trop tard au village.

Lou essayait désespérément de connaître le programme des « réjouissances » des prochains jours auprès de mon père. Quant à moi, je tentais de détourner l'attention des autres adultes en racontant en détail la soirée guitare de la veille.

Sitôt le dessert avalé, Max a déclaré qu'il allait jouer au foot sur la place, Lou a eu la permission de l'accompagner.

Axel et Bixente sont partis en bas du chalet pour s'occuper des poussins. Leur véritable mission était en fait de récupérer des montants en bois pour notre banderole. Ils avaient déjà trouvé un vieux drap dans une remise attenante.

Lisa inventait des slogans pour la manif et les notait dans son carnet. Mon cerveau, lui, était au bord de l'explosion. Assise sur mon lit, je réfléchissais et je faisais des esquisses. Et petit à petit, le dessin que j'allais faire pour la manif prenait forme.

Quand Lou et Maxime sont réapparus en bas du chemin, Lisa a couru vers eux et elle est revenue en hurlant à tue-tête :

– C'est ce samedi ! Ce samedi ! C'est génial !

Horrifiée, je lui ai fait signe de se taire, mais heureusement aucun adulte n'était dans les parages et notre projet est resté secret. La manif devait démarrer le samedi 23 juillet aux alentours de 10 heures... Nous avions donc deux jours pour la préparer. Et si tout se passait bien, il me resterait ensuite une semaine avant mon départ pour vivre une première grande histoire d'amour.

Évidemment, c'est toujours quand on s'y attend le moins que les ennuis arrivent.

C'est exactement ce que je me suis dit le lendemain quand tatie Paulette a fait son apparition dans nos vies.

Jusqu'à ce fameux matin, je pensais que le docteur Juin n'avait aucune famille. Fils unique d'un fils unique, mon père nous parlait souvent de sa solitude d'enfant sans frère, sœur ou cousin. C'est pourquoi lorsqu'il a évoqué une certaine tatie Paulette durant le petit-déjeuner, j'ai été plutôt étonnée.

– Elle est en maison de retraite à Guillestre depuis l'année dernière. Quand elle a quitté Paris, elle m'a envoyé une carte en m'expliquant qu'elle souhaitait retrouver ses racines, expliquait mon père à ma mère. Je viens de réaliser que c'est à peine à cinquante kilomètres d'ici ! Tu sais, c'est la dame qui me gardait quand j'étais petit. J'ai déjà dû t'en parler. Elle était…

Peu intéressée par les détails, je m'apprêtais à quitter la table lorsque mon père a prononcé la phrase qui tue.

– Je vais l'appeler pour lui dire qu'on vient la voir avec les 4 L samedi.

– Bonne idée ! a dit maman. Ça lui fera plaisir d'avoir un peu de visite.

Le mot « samedi » a résonné à l'infini dans mon cerveau. Mon père avait choisi, pour retomber en enfance, le seul jour de la semaine où nous devions *toutes* rester au chalet !

– Il faut absolument éliminer tante Paulette, a plaisanté Maxime lorsqu'il a été informé de cette nouvelle. Corde dans le bureau ? Clé anglaise dans la véranda ? Mais où est passé le colonel Moutarde ?

Lisa a demandé d'un air inquiet :

– Qu'est-ce que tu racontes ? On ne va pas tuer une vieille dame !

Il a fallu lui expliquer les règles du Cluedo et on a perdu un temps fou. D'ailleurs, aucune solution valable n'a été trouvée. Les réunions de crise avaient été trop nombreuses ces derniers temps et notre imagination commençait à s'essouffler.

– Il faut faire une croix sur notre projet, a annoncé Lou d'un ton lugubre. On ne peut pas expliquer à papa qu'on refuse d'aller voir sa vieille nounou parce qu'on doit participer à une manif ! Il va disjoncter !

J'ai senti la colère m'envahir. On n'avait pas formé une équipe pour qu'au moindre obstacle notre projet parte en fumée ! Je me suis éloignée à grands pas. J'enrageais et j'étais incapable de réfléchir. Il nous fallait pourtant un plan B qui permettrait de contourner la décision de mon père. Axel m'a suivie. Un peu agacée, j'ai accéléré l'allure mais il m'a appelée.

– J'ai peut-être une idée pour samedi, m'a-t-il dit en se cachant derrière sa mèche. Je pense que si on trouve une super occupation pour nos mères, elles entraîneront leurs maris avec elles. Tu sais, du genre, faire les boutiques… Mon père râle souvent, mais il suit toujours ma mère quand elle lui demande de l'accompagner. Comme ça, ton père changera d'avis pour sa visite.

Son explication était un peu confuse, mais elle avait l'avantage d'être le brouillon d'un plan B assez génial !

– Pourquoi tu n'en as pas parlé tout à l'heure devant les autres ? ai-je demandé surprise.

– Je... J'ai eu une illumination... Là... Tout de suite...

Axel a relevé sa mèche et j'ai découvert qu'il savait sourire. Deux adorables fossettes se sont dessinées sur chacune de ses joues. Mais je n'ai pas eu le temps de m'appesantir sur cette incroyable découverte, Axel avait un plan, il fallait l'exploiter.

On s'est mis à discuter pour trouver une visite qui attirerait irrésistiblement nos mères. On ne connaissait pas la région, et ce n'était pas simple... C'est en regardant Luna, Lisa et Bixente jouer avec leurs poussins en bas du chalet qu'une idée a germé dans mon esprit.

– Un marché, ai-je chuchoté à mon coéquipier. Il faut qu'on trouve un marché ! Nos mères ont adoré celui de ce matin au village.

— Pas mal ! Ma mère est folle des petits artisans et justement, il y en a souvent dans les marchés...

J'ai couru vers le chalet à toute allure. Je savais que les propriétaires y avaient laissé des documents sur les sites à visiter dans la région. J'étais tombée dessus par hasard un soir en fouinant dans le salon. Je suis revenue en portant le classeur sous le bras, et avec Axel, on a parcouru l'ensemble des prospectus qui y étaient rangés.

— J'ai ce qu'il nous faut ! s'est-il écrié cinq minutes plus tard. Là, regarde, la pub parle d'un marché « plein de couleurs » qui se tient tous les samedis matin à Susa en Italie. C'est exactement à soixante-dix kilomètres d'ici. Faisable, non ?

Je lui ai arraché le prospectus des mains pour le lire et je n'ai pas pu m'empêcher de pousser un cri de guerre retentissant.

– Nos mères vont foncer quand elles seront au courant. Un marché avec fruits, légumes et « jeunes créateurs qui exposent des modèles tendance », tatie Paulette ira aux oubliettes, c'est obligé !

J'ai tapé dans la main d'Axel et, à nouveau, il m'a souri. Deux fois dans la journée, j'allais frôler l'infarctus !

Pour la première fois depuis mon arrivée, j'ai cessé de le considérer comme un descendant de Cro-Magnon. Je me suis dit qu'il avait un cerveau, et qu'en plus il était capable de s'en servir pour le bien de l'humanité. Enfin, au moins pour le bien de notre petite communauté…

Évidemment, on est allés exposer notre plan B au reste de la bande qui l'a trouvé génial.

À nouveau, une vague électrique s'est emparée de notre groupe. Lou et Maxime ont dit qu'ils se chargeraient de convaincre nos parents d'aller au marché de Susa. Pour cela, ils choisiraient l'heure de l'apéro où les adultes se réunissent sur la terrasse.

– C'est un moment de détente, a expliqué Lou. Nos parents seront plus réceptifs !

On a croisé les doigts.

Moi, j'ai même préféré croiser tous les doigts des deux mains.

Et par précaution, j'ai aussi croisé ceux des pieds !

Un apprenti baby-sitter

Cet après-midi-là, nous sommes restés au chalet et nous nous sommes consacrés aux derniers préparatifs de la banderole pour la manif. Les pères sont partis pêcher au lac en emmenant Luna, ce qui nous arrangeait bien. Pendant que nos mères se lançaient dans l'activité ratatouille-confitures et autres expériences culinaires à tendance odeur de brûlé, notre petit groupe s'est éclipsé en douce pour travailler sur notre projet secret.

Grâce aux montants en bois trouvés par Axel et Bixente, les garçons nous ont construit une armature solide pour le drap. Lisa y a écrit : « Laissez Montfloury en paix ! »

J'ai dessiné des chalets autour du slogan et une route barrée d'une énorme croix rouge sanguinolente. J'étais assez fière du résultat...

En fin d'après-midi, on s'est félicités pour notre travail en commun avant de rouler la banderole et de la cacher dans la vieille remise derrière le chalet.

Lorsque l'heure de l'apéritif est arrivée, on s'est arrangés pour être près des adultes. Lisa et Bixente étaient assis à portée des cacahuètes et grignotaient en jetant des coups d'œil incessants aux parents.

Lou et Maxime feuilletaient les prospectus du salon, juste devant les adultes, comme prévu.

Axel jouait à sa console éteinte...

Quant à moi, j'étais installée à la table de la terrasse avec Luna et je lui dessinais des vaches puisqu'elle les adore. Je dois avouer que mes croquis étaient vraiment ratés. J'étais tellement énervée que les pauvres bêtes avaient toutes l'air d'avoir mal aux pis !

Mais ma petite sœur, enthousiaste, s'empressait de les colorier en arc-en-ciel, sa « couleur préférée »...

Soudain, Lou s'est écriée :
– Oh un marché ! Il a l'air chouette !
Maxime a renchéri, un peu fort :
– Oui ! Vraiment sympa ce marché ! Tu as vu, on y vend même des vêtements...
– Un marché ? a ajouté Axel en levant le nez de sa console. Ça tombe bien maman, tu les adores !

J'ai trouvé que les frères Gandier en faisaient des tonnes, mais leur mère a réagi la première :

— Montre-moi ça, Maxou…

Son fils s'est levé à la vitesse de l'éclair. À ce stade, j'étais en apnée et mes vaches souffraient de plus en plus !

Maman s'est penchée à son tour sur le prospectus et elle l'a parcouru à toute vitesse.

Lorsqu'elle a relevé la tête, elle s'est écriée :

— Steph ! Il faut absolument qu'on aille au marché de Susa samedi matin !

— Oh non, a répondu papa d'un air lugubre. J'avais prévu de courir…

Mais heureusement, deux femmes valent encore mieux qu'une. Martine a enfoncé le clou :

— Chouchou, a-t-elle ajouté en se tournant vers Guy, le regard implorant, Stéphanie a raison, impossible de rater ce marché.

Il n'y avait plus un bruit sur la terrasse. Lisa et Bixente avaient arrêté de manger. Lou, Axel, Maxime et moi étions suspendus aux lèvres de « Chouchou ». Il a fini par grogner « hmpff », et mon cœur s'est arrêté de battre.

Ensuite, papa a demandé où avait lieu ce marché. J'ai manqué de m'évanouir.

– C'est juste après la frontière italienne, a précisé maman. On pourrait en profiter pour déjeuner au restaurant.

J'étais très fière d'avoir une mère comme la mienne. Elle avait su toucher le point sensible.

– Pourquoi pas, a murmuré le docteur Juin. Il y a longtemps que je n'ai pas mangé des pasta alla vongole…

— Et une bonne panna cotta en dessert ! a ajouté Guy en souriant.

J'ai regardé Lou. Nous avions gagné ! Bien sûr maman a évoqué tante Paulette, mais papa a dit qu'il ne l'avait pas encore appelée et que notre visite serait juste reportée.

Il restait toutefois un point délicat à régler : convaincre les parents de partir sans nous. Max a attaqué en expliquant qu'il préférerait rester au village pour le tournoi de foot... qu'il venait d'inventer ! Lou a sauté sur l'occasion pour parler de son nouveau statut de « pom-pom girl de Maxou », ce qui a fait rire mes parents. Lisa et Bixente ont déclaré qu'ils devaient absolument veiller sur leurs poussins.

Quand Axel a dit qu'il n'était pas fan de marché, les adultes ont abdiqué.

— On laisse les enfants pour la journée au chalet, a conclu papa. Ils forment une belle petite équipe, non ?

Maman a juste ajouté qu'elle comptait sur Lou pour coacher les 3 L.

– Comme d'hab maman, a répondu ma sœur. Pas de problème !

L'essentiel étant dit, notre groupe a quitté la terrasse, petit à petit. J'ai été la dernière à partir puisque, à chaque fois que je faisais mine de me lever, ma sœur hurlait qu'elle voulait au moins mille vaches sur sa feuille… Quand j'ai fini par regagner ma chambre, le problème « Luna » était justement évoqué. Le seul hic dans cette soirée victorieuse, c'était que les adultes partiraient sans elle.

– On ne peut pas aller à la manif avec la petite fée rose, a annoncé Lou d'une voix lugubre. Quelqu'un doit la garder.

– Moi je veux bien m'en charger, a proposé Axel. Je m'en fiche !

On s'est tournés vers lui et il y a eu un long silence.

– Tu... Tu es sûr de toi ? a demandé Lou doucement.

– Ouais, certain, a répondu Axel en haussant les épaules. La manif ne m'intéresse pas !

Maxime a donné une tape amicale sur l'épaule de son frère en lui disant qu'il le trouvait génial parfois.

Lou lui a fait une bise qui l'a rendu rouge coquelicot. Quant à moi, je suis restée muette.

Depuis le début des vacances, je pensais qu'Axel avait un QI proche de zéro, et je découvrais en deux jours qu'il était capable de s'intégrer dans un groupe, d'avoir de la conversation, des idées, et même le sens du sacrifice ! Si j'ajoutais le sourire et les fossettes, on n'était pas loin d'un garçon vraiment intéressant ! Je l'ai regardé pendant un bon moment jusqu'à ce qu'il se lève en demandant :

– Vous m'expliquerez ce que je dois faire si elle pleure, hein ?

Évidemment, on s'est empressées de lui dire que Luna pleurait rarement...

Nous avons passé la journée du lendemain à essayer d'habituer Luna à Axel. (Ou Axel à Luna, on ne savait pas trop dans quel sens il fallait prendre les choses.) Notre petite sœur n'a pas voulu une seule fois lui donner la main ou répondre à ses questions. Axel a fini par être vraiment inquiet.

– Elle va hurler si elle se réveille et qu'elle ne voit que moi dans le chalet, nous a-t-il dit, alors qu'on lui faisait nos ultimes recommandations.

– Au pire, elle pleurnichera un peu, lui a expliqué Lou. Tu lui proposes un petit-déjeuner devant la télé, tu verras, elle se calmera vite.

– Ne t'inquiète pas, ai-je conclu. En cas d'extrême urgence, tu téléphones à Lou. On peut être au chalet en dix minutes.

Axel a paru enfin rassuré. Il a vérifié trois fois le numéro de téléphone de ma sœur et nous lui avons promis de l'appeler dans la matinée pour prendre de ses nouvelles.

Je n'ai pas eu besoin de réveil le lendemain matin. Lou non plus d'ailleurs ! À 7 heures, on avait les yeux ouverts. On a entendu les adultes partir trente minutes plus tard. Vers 8 heures, nous étions dans la cuisine et Lisa nous a rejointes. Elle était encore plus excitée que nous et il a fallu lui demander une bonne dizaine de fois de se taire. Les garçons se sont levés peu de temps après et, à 9 h 30, nous étions prêts, comme prévu dans notre programme. On a laissé un mot d'encouragement à Axel sur la table de la cuisine et on a refermé la porte derrière nous.

Après avoir récupéré la banderole, on est partis fièrement en direction du village. Lisa et Bixente couraient devant. C'est tout juste s'ils ne volaient pas !

Lou et Maxime se donnaient la main et marchaient d'un pas cadencé, comme pour un défilé militaire. Quant à moi, j'arrangeais mes cheveux tous les dix pas et j'essayais de calmer mon impatience. Je partais enfin à la conquête du cœur de mon guide de montagne et j'étais certaine que cette journée serait inoubliable.

Opération Village Mort

Quand nous sommes arrivés sur la place du village, les manifestants étaient déjà très nombreux. Lou s'est vite inquiétée :
– C'est normal qu'on soit les seuls avec une banderole ?

J'ai regardé autour de moi plus attentivement. Personne ne tenait ni pancarte ni banderole. Benjamin est apparu dans mon champ de vision. Il discutait avec une fille, et lui aussi avait les mains vides… Il s'est dirigé vers moi.

– Salut la bande ! nous a-t-il dit avec son sourire craquant. Vous êtes là pour Village Mort, c'est génial !

Mon bel inconnu s'est alors tourné vers la fille que je ne connaissais pas et il a expliqué :

– Ce sont les Parisiens qu'on est allés chercher avec mon père. T'as vu, ils s'investissent aussi pour notre beau coin de montagne !

La fille nous a souri, puis elle a pris la main de Benjamin, sûrement pour me montrer qu'il lui appartenait déjà.

Et mon cœur s'est brisé.

J'ai entendu distinctement les mille petits morceaux tomber dans ma poitrine. La douleur a été fulgurante.

– Mais c'est quoi Village Mort ? s'est inquiétée ma sœur pendant que j'essayais de tenir encore debout.

Benjamin n'a pas eu le temps de répondre, quelqu'un a crié :

– La télé est là, ça tourne ! Installez-vous vite !

Ensuite, autour de nous, tout le monde s'est allongé.

Une minute plus tard, le silence était total.

Il ne restait que cinq personnes debout sur la place de Montfloury.

Les seules à ne pas avoir participé à la réunion préparatoire.

Et donc les seules à ignorer que la manifestation du jour était complètement silencieuse.

– Baissez-vous ! a alors chuchoté Lou. Il faut faire les morts nous aussi !

On s'est exécutés et je me suis retrouvée étendue sur le trottoir. Lisa a commencé à se marrer, et Bixente l'a imitée. Des « chut » ont fusé de partout. C'était horrible ! Moi qui imaginais une matinée de rires et de chants, on allait vivre des heures d'immobilité totale. J'ai tourné mon visage sur le côté et je l'ai vu. Lui, mon ex-amoureux. Il souriait encore et toujours, sa tête appuyée sur ses deux bras. Sa copine était lovée contre son épaule et elle murmurait à son oreille.

Soudain, j'ai eu une folle envie que la déviation traverse Montfloury de part en part et qu'elle passe SUR la maison de Benjamin.

J'ai mis plus de quinze minutes à rejoindre Lou pour lui parler. J'avançais d'un centimètre par seconde pour ne pas casser l'effet « cadavre » que j'étais censée produire.

C'est alors qu'un cri strident a rompu le calme absolu.

Luna a fait son entrée sur la place de Montfloury, assise dans une brouette fermement tenue par un Axel légèrement décoiffé. Au niveau sonore, notre sœur était en total freestyle !

– Lou, Laure, Lisa, hurlait-elle. Je veux Lou, Laure, Lisa.

Immédiatement, trois L se sont levées. Telles des fusées, nous avons traversé la place pour rejoindre notre petite fée rose. Max et son frère nous ont suivies.

Luna s'est jetée dans nos bras. Axel avait une tête de zombie. Il allait bien avec Village Mort !

– J'ai essayé de la raisonner, balbutiait-il, mais dès qu'elle s'est réveillée, elle a fixé sur vous trois ! Impossible de la calmer.

– Vous étiez pas là ! sanglotait Luna. Et maman non plus... Et papa...

Lou a secoué la tête lentement. C'est alors que je l'ai aperçu...

Un caméraman était en train de nous filmer !

Une journaliste s'est approchée, un micro à bout de bras.

– Vous participez à Village Mort en famille. Nous voyons à quel point ce projet de déviation vous bouleverse...

– Euh oui, a répondu Lou en essayant vainement de calmer Luna qui répétait inlassablement « Lou, Laure, Lisa ».

La journaliste s'est tournée vers moi avec un sourire.

Je ne sais pas pourquoi je me suis sentie obligée de lui parler. J'aurais pu me contenter de lui rendre son sourire. Mais non, il a fallu que je dise d'un ton grave :

– Oui, notre petite sœur pleure parce que nous allons être obligés de quitter notre maison de famille. La déviation va passer à travers. Nous sommes tous tellement attachés à notre chalet.

– Qui s'appelle « Loulorliza »? C'est ce que dit la petite, non ? a demandé la journaliste.

– C'est exactement ça, ai-je continué. Elle répète le nom du chalet parce qu'elle est très malheureuse de savoir qu'il va peut-être disparaître pour toujours après des siècles et des siècles d'existence.

Mes sœurs me regardaient, interloquées. La caméra a zoomé sur Luna qui sanglotait encore un peu pour la forme. Ensuite, elle a tourné autour de nous pendant quelques secondes, puis elle s'est à nouveau dirigée vers la place où les gens étaient toujours allongés malgré notre petit intermède.

On a décidé de s'éclipser. Luna venait d'arrêter ses pleurs et le silence régnait à nouveau.

J'ai quitté la place sans un seul regard en arrière.

Je venais de vivre deux grandes premières : un engagement pour une cause juste et un chagrin d'amour.

La remontée vers le chalet a été lugubre. Bixente et Lisa traînaient notre banderole le long de la route. Lou, Axel et Maxime poussaient la brouette dans laquelle Luna était affalée.

Quant à moi, je me promettais de ne plus jamais tomber amoureuse pour le restant de ma vie.

C'est Lisa qui a mis le doigt sur le véritable problème de la journée. On ne l'entendait plus depuis un moment lorsqu'elle a claironné :

– On va peut-être passer à la télé. Vous avez vu la caméra qui nous filmait ?

Absorbée par mes pensées noires, j'avais presque oublié la journaliste avec son micro et le cameraman.

– En plus, Laure a sorti un énorme bobard ! s'est exclamé Bixente hilare.

– Excellent, le coup de « Loulorlisa » ! a crié Maxime. Perso, j'ai adoré !

On s'est mis à rire et, l'espace d'un instant, ça nous a un peu détendus.

Ensuite, Lou a dit à voix haute ce que nous pensions tous dans nos têtes :

– On n'a pas intérêt à ce que les adultes tombent sur un reportage télé de la manif sinon on est mal.

Et là, on a arrêté de rire.

À onze heures, nous étions de retour au chalet. Assis autour de bols de lait chaud dans la cuisine, on a essayé de mettre nos idées au clair. Il nous fallait absolument faire oublier à Luna l'épisode « Loulorlisa m'ont abandonnée » !

J'avais réussi à la calmer en lui dessinant une énorme vache à colorier. Mais on connaissait notre petite sœur, d'une seule parole elle pouvait déclencher une catastrophe.

Axel s'est d'abord expliqué :

– Je suis désolé d'avoir descendu Luna au village. Vous m'aviez dit qu'elle se levait tard, elle s'est réveillée au moment où vous avez claqué la porte en partant. Bravo pour la discrétion d'ailleurs ! Ensuite, elle a pleuré non stop. Même quand j'ai dessiné. Elle trouvait mes vaches trop moches et elle voulait celles de Laure ! Elle hurlait tellement que je ne savais plus quoi faire. J'ai essayé d'appeler Lou mais son portable était éteint.

– Il était à peine 10 heures ! s'est exclamée ma sœur. J'étais loin d'imaginer que tu allais déjà me téléphoner !

Axel avait l'air sincèrement désolé et, pour la première fois depuis le début de mon séjour, j'ai eu envie d'être vraiment gentille avec lui.

– Ne t'inquiète pas pour Luna, ai-je dit. On te comprend très bien. On a trouvé super que tu acceptes de la garder, on ne va pas te critiquer maintenant.

Lou s'est alors lancée dans l'élaboration d'une stratégie.

– Bon, pour que Luna oublie ce qu'elle a vu ce matin, on va s'arranger pour qu'elle passe une journée tip-top. Comme ça, quand nos parents rentreront, elle sera super heureuse et elle racontera seulement le tip-top.

– Ah... d'accord. Et ce serait quoi une journée tip-top pour une petite fille de cinq ans ? a demandé Maxime vaguement inquiet.

– Euh... Pour résumer, je dirais que c'est une journée pendant laquelle Luna s'amuse beaucoup, mais toi pas du tout.

C'est comme ça que Luna a successivement dessiné avec moi, cuisiné un gâteau au chocolat avec Lou, construit une minicabane pour les poussins avec Lisa et Bixente, joué avec Axel qui a accepté de prêter sa console et regardé des dessins animés avec Maxime.

Quand les adultes sont rentrés, Luna était en train d'attaquer son deuxième paquet de bonbons allongée dans un transat devant la maison, pendant que Lou lui faisait la lecture.

Et la première chose qu'a dite notre petite sœur quand maman est venue l'embrasser, c'est :

– J'ai beaucoup pleuré quand Loulorlisa sont parties ce matin, mais Axel m'a amenée sur la place où elles dormaient avec les gens et après on est revenus faire plein de trucs ici !

Les 4 L à la une

Heureusement, j'ai des réflexes de survie assez extraordinaires.

Je me suis ruée sur ma mère qui commençait à froncer les sourcils.

— Alors, ce marché ? Raconte ! lui ai-je demandé en la débarrassant de ses paquets.

— Ben oui maman ! Qu'est-ce que tu as acheté ? Montre-nous ! s'est écriée Lou en accourant à ma rescousse.

Notre intervention express a eu l'effet d'effacer les paroles de Luna qui continuait à se gaver tranquillement de bonbons.

Nos parents nous ont raconté leur journée. Martine et maman étaient ravies. Guy et mon père l'étaient moins... Ils avaient beaucoup marché parce que leurs femmes faisaient des emplettes à n'en plus finir et le repas italien s'était avéré de mauvaise qualité.

Quand il a fallu expliquer notre emploi du temps, Luna n'était plus dans les parages. On a livré notre version dans laquelle il suffisait d'enlever les deux premières heures de la journée pour que tout paraisse normal.

C'est ce qu'on a fait et nos parents ont eu l'air satisfaits. Le seul problème, c'est que nous n'avons pas parlé assez longtemps. Papa a eu le temps d'allumer la télé. C'est drôle parce qu'il la regarde rarement à cette heure-là.

Mais il était épuisé par sa journée de marche, il s'est donc écroulé sur le canapé et Guy l'a suivi. Quand la musique du journal des infos régionales a retenti, une alarme s'est allumée dans ma tête. Une petite voix m'a murmuré : « Et si la journaliste qui était sur la place avait déjà monté son reportage ? »

Je me suis précipitée dans ma chambre confier mes doutes à Lou. Elle s'est mise à rire.

– Ça m'étonnerait qu'on parle de Montfloury à la télé, même régionale ! s'est-elle exclamée. Au mieux, il peut y avoir un sujet sur Village Mort demain. Mais pas ce soir. Pas si vite !

Et pourtant, le village dans lequel nous passions nos vacances faisait bien la une du journal télévisé ! D'ailleurs, si je n'avais pas parlé à Lou, je me serais vue en gros plan sur l'écran.

Ce sont les cris de papa qui m'ont permis de réaliser l'incroyable réalité.

– Steph ! Steph ! criait-il. Viens voir ! Les filles passent à la télé !

Lou a eu l'air perdu l'espace d'un instant. Ensuite, on s'est ruées dans le salon. J'ai à peine eu le temps de distinguer Luna qui hurlait devant la caméra. L'image suivante montrait les faux cadavres de Village Mort, et une voix d'outre-tombe accompagnait cette vision choc d'un :

– Ces jeunes filles ont su montrer leur détresse face à l'arrivée de la déviation dans ce village que leur famille occupe depuis des générations. À Montfloury, on attend toujours le geste des élus qui sauvera la commune.

Quand la présentatrice du journal est revenue sur l'écran, il n'y avait plus un bruit dans le salon.

– Mais c'est quoi cette histoire de Village Mort ? a demandé maman qui était arrivée à temps pour voir la fin du reportage.

– Ça alors ! a renchéri papa en se levant du canapé. Qu'est-ce que vous avez fait pendant qu'on n'était pas là, les filles ?

– On va tout vous expliquer, a commencé Lou.

– Oui, c'est assez simple, ai-je ajouté.

Mes parents étaient prêts à écouter notre version, seulement on a été interrompus par des coups frappés à la porte.

Lisa est allée ouvrir, et elle est revenue en criant :

– Y a des gens qui veulent nous parler ! À nous, les 4 L ! C'est ce qu'ils ont dit !

Papa, de plus en plus éberlué, a chuchoté :

– Ils t'ont dit « les 4 L » ? Vraiment ?

Maman a haussé les épaules.

– On nage en pleine science-fiction ce soir, a-t-elle murmuré en se dirigeant vers la porte.

J'ai vu apparaître Benjamin et son père suivis d'un inconnu. Ils étaient super joyeux, comme s'ils venaient d'assister à un spectacle comique. Papa et Guy les ont fait s'asseoir pendant que mon ex bel inconnu s'approchait de moi.

– Je t'ai vue aux infos régionales à 13h30! C'était géant!

J'ai donc appris que c'était la deuxième fois que je passais à la télé.

Mais avant que je digère cette nouvelle, un autre scoop m'est tombé dessus. L'inconnu était le maire en personne ! Il désirait parler « aux quatre charmantes demoiselles qui avaient donné une image si positive de son village ».

– Elles ont su en peu de mots résumer notre détresse, a-t-il expliqué à mes parents. Et si vous le permettez, nous aimerions qu'elles deviennent les porte-parole de Montfloury à la conférence de presse qui se tiendra demain soir devant la mairie. Les journalistes appellent en masse depuis la diffusion du reportage. Ils ont envie d'interviewer vos filles qui ont ému l'opinion publique.

Papa est resté muet. C'est maman qui a répondu :

– Monsieur le maire, vous savez que nous ne sommes pas de votre village et que cette maison n'est pas la nôtre ?

– Bien sûr chère madame, je connais tous mes administrés, le village est petit ! Mais peu importe ! Personne n'est obligé de le savoir. Vous savez, les petits mensonges sont parfois nécessaires pour de grandes causes.

J'ai mémorisé cette dernière phrase. Je savais qu'elle nous servirait pour nous justifier auprès de nos parents.

En effet, dès que nos visiteurs sont repartis, il a fallu expliquer notre participation à l'opération Village Mort. Mes parents et les Gandier avaient du mal à comprendre comment nous avions pu nous retrouver dans une manif où tout le monde était allongé par terre tandis qu'une Luna hurlante dans une brouette assurait l'ambiance musicale…

Avec les frères Gandier à nos côtés, on s'en est vraiment bien sortis. On a parlé de notre « volonté de soutenir Montfloury », de notre « envie de défendre des causes justes et nobles ». Bref, on a eu un vrai discours citoyen, et mon père nous a presque applaudis à la fin !

Pour Luna, Axel a expliqué qu'il avait tenté une expérience de baby-sitting, mais qu'il n'était pas encore prêt pour garder de jeunes enfants. Maman, l'air un peu sceptique quant à nos vraies motivations, a fini par se ranger à l'avis général. On n'avait rien fait de nuisible ou de dangereux. On était pardonnés, et l'aventure pouvait continuer !

Évidemment, on a eu beaucoup de mal à s'endormir ce soir-là avec Lou. On a discuté longtemps dans nos lits. Très excitées par la journée que nous venions de vivre, on a convenu que ces vacances s'avéraient vraiment étonnantes.

– Alors, tu en veux toujours autant à papa d'avoir choisi ce coin paumé ? m'a demandé Lou.

– Non, ai-je répondu sincèrement. J'ai carrément oublié pourquoi j'étais en colère !

J'ai pensé à tous les jeunes du village qu'on devait rencontrer selon mon père. Finalement, c'était surtout les fils Gandier qu'on avait découverts.

Benjamin, quant à lui, m'avait permis de m'engager réellement dans un projet et de donner une belle couleur à mes vacances.

Ce soir-là, j'ai réussi à penser à mon bel inconnu sans aucun pincement au cœur.

Et c'est en souriant que je me suis endormie.

Deux déclarations

Dès le lendemain, nous nous sommes rendues à la conférence de presse organisée par la mairie de Montfloury.

J'ai été un peu déçue par le nombre de journalistes qui nous attendaient. J'en imaginais autant que pour un après-concert de Madonna… Il y en avait juste cinq. Mais peu importe le nombre. Être interrogée par des journalistes, c'est complètement excitant ! J'avais l'impression d'être super intéressante.

J'en ai rajouté des tonnes, et Lou n'arrêtait pas de me donner des coups de pied sous la table. Mais je m'en fichais de mentir ! Le maire l'avait affirmé : des petits mensonges servent parfois de grandes causes. Alors j'ai expliqué qu'on était du village depuis cinq générations et qu'on ne voulait pas quitter notre chalet « Loulorlisa » qui appartenait déjà à notre arrière-arrière-arrière-grand-mère. Je crois même avoir mis deux « arrière » de plus !

Lisa a suggéré des plans complètement improbables pour un éventuel « passage de la déviation sous la terre »...

– Il y a bien un train sous la Manche, a-t-elle dit, alors pourquoi pas une route sous Montfloury ?

Lou a parlé de son « engagement pour des causes citoyennes ».

– Facebook n'est pas notre seule vitrine, a-t-elle déclaré. Je parle au nom de tous les ados si souvent critiqués.

Nous savons réfléchir et reconnaître les combats utiles. Nous avons du cœur !

Luna a été interrogée elle aussi. Une journaliste lui a demandé pourquoi elle ne voulait pas quitter « Loulorlisa » et notre petite fée rose a répondu très sérieusement :

– Parce que. J'aime bien les vaches aussi. Mais Axel, il ne sait même pas les dessiner alors j'ai pleuré.

On a fait taire Luna qui commençait à raconter sa vie, et un monsieur nous a prises en photo. Avec le maire, sans le maire, devant le panneau « Montfloury », devant notre chalet…

Il a voulu photographier la pancarte « Loulorlisa », mais on lui a dit qu'on venait de la décrocher pour réparation. On n'en était plus à un mensonge près. Les frères Gandier se sont joints à nous pour une série de clichés. Bref, on a passé un moment inoubliable.

Bien plus amusant que Village Mort!

Le lundi, deux radios locales ont diffusé notre interview. Et le quotidien de la région nous a mises à la une! Papa et maman en ont acheté dix exemplaires.

Quand on les a accompagnés à la maison de la presse du village, tout le monde nous saluait. On est allés rendre visite à tatie Paulette qui était très fière d'apprendre que les filles de son « Stephi chéri » étaient devenues les vedettes de Montfloury.

Benjamin est passé au chalet en fin de journée.

Il tenait le journal à la main.

— Vous êtes géniales toutes les quatre !
a-t-il déclaré. Vous faites une pub d'enfer à notre village. D'après mon père, le maire est très content et très optimiste pour la suite.

J'ai souri un peu bêtement. Benjamin s'est appuyé contre le mur et a continué :

— Si tu veux, on peut aller se balader. Je te montrerai des coins de Montfloury que tu ne connais pas. Euh... Clara ne sera pas là. C'est fini elle et moi.

C'est incroyable, mais je n'ai pas réagi. Quelques jours plus tôt, je me serais liquéfiée. J'aurais bredouillé un « oh oui, ce serait génial ! » et je serais partie m'évanouir de joie dans un coin du chalet.

– Alors ? Ça te dit une balade toi et moi ? a insisté Benjamin.

– Je suis super prise en ce moment, ai-je répondu. Peut-être un autre jour ?

Moi-même, je n'en suis pas revenue. J'ai osé dire non au garçon le plus canon des Alpes du Sud ! Évidemment, mon ex-amoureux n'est pas resté plus longtemps et je n'ai rien fait pour le retenir. Je ne savais pas que l'amour s'efface finalement.

Le lendemain, mes parents nous ont proposé une balade dans une forêt toute proche. Luna était portée tour à tour par les hommes de la bande. Axel a insisté pour faire partie des sherpas. On a marché côte à côte un bon moment, pendant que ma sœur était sur son dos.

Il avait laissé son iPod au chalet. On a parlé du village et de la manif, puis on a dérivé sur des sujets plus personnels. Axel m'a posé des tas de questions. Je lui ai demandé pourquoi il s'était spontanément proposé pour garder Luna.

– J'ai bien vu que personne n'en avait envie, a-t-il bougonné. Max voulait rester avec Lou, Bixente avec Lisa. Et toi... Tu sais bien !

J'ai rougi. Axel avait parfaitement compris mon manège avec Benjamin, et il avait accepté de se sacrifier ! Du coup, je ne savais plus quoi dire.

– Moi, je n'avais personne à accompagner. À part toi... Mais toi justement, tu ne voulais pas. Alors j'ai préféré rester seul, enfin, presque seul, au chalet.

– En fait, tu es bavard quand tu veux ! ai-je dit pour changer de sujet.

Axel m'a expliqué qu'il était assez timide et qu'il attendait toujours de mieux connaître les gens avant de leur parler.

– Ce n'est pas que je n'ai rien à dire. C'est seulement que… En fait, j'ai l'impression que je t'ennuie et…

J'ai regardé Axel qui ne finissait pas sa phrase, il était rouge, et pas seulement parce que Luna lui serrait le cou pour qu'il avance plus vite.

Papa est venu prendre ma petite sœur sur son dos, et lorsqu'on a été de nouveau seuls, Axel m'a fait un aveu étonnant :

– Je t'ai toujours trouvée intéressante et j'ai vraiment envie de mieux te connaître. Même avant les vacances, quand nos parents se voyaient. Mais je ne savais pas trop comment te le montrer. Alors je préférais me taire…

Après cette longue tirade, le cadet des Gandier a poussé un soupir, comme s'il s'était soulagé d'un gros poids.

Il a soulevé sa longue mèche et m'a fixée quelques secondes.

J'ai remarqué qu'il avait de magnifiques yeux verts et de très longs cils qui lui faisaient un regard très doux. Il a dégainé ses deux fossettes adorables, et là, j'ai senti que le rythme de mon cœur s'accélérait.

– Il nous reste quelques jours pour mieux faire connaissance, ai-je répondu en lui rendant son sourire.

– Alors les amoureux ? On papote ? a brusquement crié Guy en se rapprochant de nous.

C'est fou comme certains adultes ont un don pour briser de vrais moments magiques !

– Oh les amoureux ! Oh les amoureux ! a chantonné Luna en tapant en rythme sur la tête de mon père.

Lisa m'a regardée d'un air interrogatif. Je pense qu'elle en était encore à l'épisode « Benjamin ». J'allais devoir lui expliquer que l'amour, ça va, ça vient.

Mais en attendant, j'ai fait exprès de frôler la main d'Axel avec la mienne. Il m'a attrapé un doigt et l'a serré doucement.

J'ai su que j'étais amoureuse.

J'ai levé les yeux au ciel, il y avait des tonnes d'oiseaux au-dessus des arbres. Je me suis mise à chantonner.

C'était les vacances, la montagne resplendissait et je me sentais bien.

Allez hop ! Toutes à Paris !

Les Gandier sont partis depuis une heure et Lou n'arrête pas de pleurer. On a beau lui dire qu'elle reverra Maxime à Paris, elle dit que rien ne sera plus pareil. Je la comprends.

J'ai passé ma deuxième semaine avec Axel et je sais bien qu'on n'aura plus jamais une telle complicité.

Dès le petit-déjeuner, on rigolait comme des fous.

J'ai découvert qu'il avait un humour incroyable. Moi qui pensais qu'il riait seulement quand il se pinçait.

J'étais un peu triste de le voir partir, mais on continuera à se parler sur Facebook. Hier soir, il m'a avoué que j'allais lui manquer.

Et il m'a embrassée.

J'ai un peu envie de pleurer moi aussi.

Papa vient de ranger la dernière valise dans le coffre.

– Vous n'avez rien oublié, les filles ? nous demande-t-il. Luna, tu as pris ton doudou ?

Mais ma petite sœur ne peut pas lui répondre. Elle pleure.

– J'ai pas envie de rentrer… Je veux rester iiiiiciiiii, hoquette-t-elle. Je veux Sinsin et Poupouuou…

Maman la prend dans ses bras pour la consoler.

– On a déjà parlé des poussins, ma puce. Tu sais très bien qu'il vaut beaucoup mieux qu'ils grandissent ici à la montagne plutôt qu'à Paris dans notre appartement ! Le propriétaire du chalet nous a assuré qu'il s'en occuperait… Et puis on va t'enlever ton attelle. Tu pourras marcher sans béquilles très bientôt.

Lisa arrive dans le salon. Elle a les larmes aux yeux.

– J'ai ajouté de l'eau, de la bouillie et un peu de paille pour nos poussins. Je ne veux pas qu'ils aient froid en attendant que le monsieur vienne s'en occ…

Mais la voix de Lisa tremble et elle ne finit pas sa phrase.

– Tu ne vas pas te mettre à pleurer toi aussi ? s'écrie papa. Ce ne sont plus mes filles, ce sont des fontaines ! Ce village a fait de vous des stars interplanétaires et c'est ainsi que vous le quittez ? Avec des larmes ?

Je souris. Mon père a tendance à enjoliver la réalité. N'empêche que Montfloury nous a vraiment mises sur le devant de la scène, au niveau... régional. Nos interviews sont passées en boucle, et on s'est même revues à la télé !

Le maire est passé nous voir avant-hier. Il tenait à nous annoncer en avant-première mondiale que le dossier déviation était à nouveau à l'étude en haut lieu... L'affaire Montfloury avait fait suffisamment de bruit pour que les politiques réexaminent le projet.

– Nous avons très bon espoir, mesdemoiselles ! a conclu le maire en se tournant vers nous. Montfloury va sûrement rester à l'écart du projet, et c'est un peu grâce à vous !

Pour montrer à quel point il était content, il nous a offert un panier garni de produits du terroir dans lequel il a ajouté des bons d'achat pour des livres ou des CD !

À présent, il nous reste à affronter le voyage du retour et sa cinquantaine de virages. J'ai déjà prévenu Lisa qu'il était hors de question qu'elle s'assoie à côté de moi. Je jette un dernier coup d'œil au pré qui a été notre décor pendant quinze jours. Les vaches continuent à paître sans se soucier une seconde de notre départ. Hier soir, Luna les a photographiées sous tous les angles.

– J'afficherai ces photos sur tous les murs de ma chambre, a-t-elle décrété. Comme ça, j'aurai encore l'impression d'être à la montagne !

Maman vient de fermer la porte du chalet. Mes sœurs et moi, nous contemplons la montagne pour la dernière fois.

– Allez les 4 L, on lève le camp ! s'écrie notre mère. Une longue route nous attend !

On se met *toutes* à soupirer très fort. Papa sourit en voyant notre manque d'entrain pour monter dans la voiture. Les rues du village défilent devant nos yeux. J'ai un pincement au cœur lorsqu'on quitte Montfloury, ses maisons grises, ses toits gris et ses rues grises.

Finalement, ce village sans couleurs a su en mettre dans notre séjour !

– C'est quand les prochaines vacances ? demande Luna.

– La Toussaint, c'est fin octobre ! lui répond Lisa. Euh… Il faudra attendre exactement cinquante jours après la rentrée !

– Soit mille deux cents heures, ajoute Lou qui pianote sur son portable. Ce sera horriblement long !

Papa lance soudain :

– Les filles, pour les prochaines vacances, je vais *toutes* vous épater ! J'ai une idée géniale !

Il n'y a pas une seule réaction dans la voiture.

– Et alors ? continue notre père. Personne ne hurle cette fois-ci ?

On se met *toutes* à rire.

– Pourquoi veux-tu qu'on soit inquiètes ? sourit maman.

— Tu es exactement le père qui convient pour imaginer des plans vacances surprenants ! ajoute Lou.

— Et super écolos ! souligne Lisa.

— C'est quoi écolo ? demande Luna.

Je suis la dernière des 4 L à prendre la parole.

— On va où tu veux, papa ! Avec toi, on a vu que les vacances étaient vraiment originales ! Alors, tu nous emmènes où ?

— L'embêtant, les filles, c'est que j'ai un principe, a expliqué papa. Je ne révèle jamais les surprises. Et justement, nos prochaines vacances font partie de cette catégorie-là. Donc, même sous la torture, je ne dirai rien !

Évidemment, on s'est *toutes* mises à hurler !

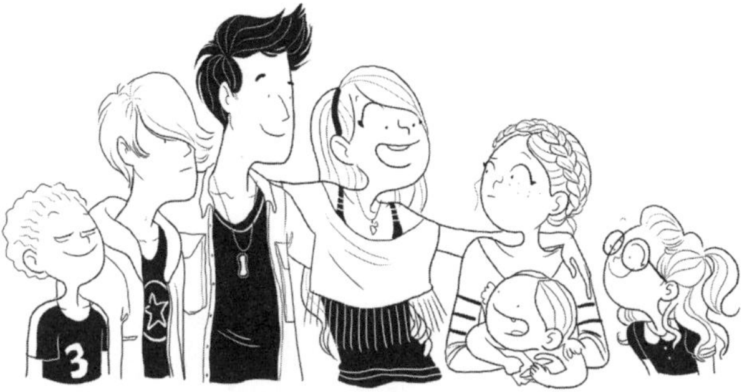
3

TABLE DES MATIÈRES

Allez hop, toutes à la montagne !........5
Un village endormi........16
Trois garçons au chalet........27
Une déviation qui fait du bruit........38
Un sauveteur inattendu........51
Réunion de crise........62
On s'engage !........74
Un plan B........87
Un apprenti baby-sitter........99
Opération Village Mort........111
Les 4 L à la une........124
Deux déclarations........135
Allez hop ! Toutes à Paris !........145

☁ L'AUTEUR

Sophie Rigal-Goulard vit dans deux mondes parallèles.

Au quotidien, elle est prof des écoles et maman de deux grands ados. Côté école, elle explique les leçons, corrige des cahiers et parle même anglais avec ses élèves. Côté maison, elle remplit son frigo (qui se vide sans cesse) et veille au bien-être de sa maisonnée…

Dans sa deuxième vie, Sophie Rigal-Goulard s'assoit devant son ordinateur et une douce bulle vient l'envelopper. Elle tape sur son clavier et, de ses mots, naissent de nouvelles vies.

Les quatre filles de son roman, Lou, Laure, Lisa et Luna, habitaient depuis longtemps son imagination, car elle a passé son enfance de cadette dans une famille de filles.

Elle aime faire des salons et des animations.

☁ L'ILLUSTRATRICE

Diglee est une jeune illustratrice au sang anglais, fan de Lady Gaga, de paillettes, de chaussures et des années folles. Elle travaille beaucoup pour la jeunesse, surtout pour les préadolescentes. Née à Lyon, elle a passé son bac littéraire et est sortie diplômée de l'école Émile-Cohl en 2009.

Elle tient un (passionnant) blog BD dans lequel elle raconte ses péripéties du quotidien (doublement passionnant!), qu'elle a adapté en album, *Autobiographie d'une fille gaga*.

Vous pouvez la retrouver sur les salons (elle adore faire des dédicaces!) et sur son blog : diglee.com

RETROUVE LOU, LAURE, LISA ET LUNA

DANS LA COLLECTION RAGEOT *Romans* :

ET EN GRAND FORMAT !

Retrouvez la collection

RAGEOT *Romans*

sur le site www.rageot.fr

RAGEOT s'engage pour l'environnement en réduisant l'empreinte carbone de ses livres
Celle de cet exemplaire est de :
500 g éq . CO_2
Rendez-vous sur
www.rageot-durable.fr

PAPIER À BASE DE FIBRES CERTIFIÉES

Achevé d'imprimer en France en décembre 2016
sur les presses de l'imprimerie Jouve, Mayenne
Couverture imprimée par Boutaux, Le Theil-sur-Huisne
Dépôt légal : février 2017
N° d'édition : 5462 - 01
N° d'impression : 2473138V